Contes

Qui sont les personnages ?

Les personnages de *La Barbe bleue*

La Barbe bleue, riche gentilhomme violent et manipulateur, terrifie les femmes à cause de son physique inquiétant.
Sa femme est une coquette qui l'a épousé pour son argent. Vaincue par sa curiosité, elle découvrira, mais un peu tard, l'abominable secret de son mari...

Les personnages du *Chat Botté*

Le marquis de Carabas n'a de marquis que le nom. En fait, il n'a pas un sou : c'est le fils d'un simple meunier.
Son chat est un animal bien étrange chaussé de bottes et doué de la parole. Malin et inventif, il ne recule devant aucun coup bas pour parvenir à ses fins.

Charles Perrault
Contes (1697)

Anthologie

LE DOSSIER

Perrault, un conteur bien inspiré

L'ENQUÊTE

Les personnages des contes ont-ils existé ?

Notes et dossier
Véronique Gira
certifiée de lettres classiques
Isabelle Marchina
certifiée de lettres modernes

Collection dirigée par
Bertrand Louët

Hatier

Sommaire

OUVERTURE

Gravure pour Le Petit Poucet
(XVIIIe siècle, Paris, BNF).

ISBN : 978-2-218-96299-8

* Tous les mots suivis d'un *
sont expliqués dans le lexique p. 92.

Les personnages de *Cendrillon*

CENDRILLON est une jeune fille patiente et douce, d'une beauté extraordinaire. Elle est vêtue de haillons car **SA BELLE-FAMILLE**, par méchanceté, la rabaisse au rang de servante. Heureusement, **SA MARRAINE** est une bonne fée aux pouvoirs étonnants...

Les personnages du *Petit Poucet*

POUCET, dernier fils d'un couple de misérables bûcherons, est maltraité par ses parents à cause de sa petite taille. Il ne manque pourtant ni de courage ni d'intelligence !
L'OGRE, terrifiante créature vivant au cœur de la forêt, se nourrit de la chair fraîche des petits enfants. Sa cruauté est sans limite.

Que se passe-t-il dans les contes ?

Les circonstances

« Il était une fois... » : projetez-vous dans un lointain passé. En ce temps-là, les fées existaient encore, les chats parlaient et les ogres peuplaient les bois. Plantons maintenant le décor : ici, une chaumière ; là, une effrayante forêt ; ailleurs, un cabinet secret ; plus loin encore, un sombre château aux tours menaçantes.

Le début de l'action

1. L'affreux Barbe bleue vient de se marier. Peu après, il part en voyage et confie à sa femme les clés du château en la prévenant qu'elle peut ouvrir toutes les portes, sauf celle du cabinet. Dévorée de curiosité, son épouse résistera-t-elle à la tentation ?

2. À la mort de son père, le fils cadet d'un meunier reçoit pour tout héritage... un chat ! Il est sur le point de le manger quand l'animal, pour se sauver, lui demande de lui donner des bottes et de le laisser faire. Quel plan a-t-il donc en tête ?

Le but Perrault s'adresse aux enfants comme aux adultes. Il écrit ses contes merveilleux pour faire plaisir à ses lecteurs, les amuser, mais aussi pour leur donner quelques leçons de sagesse.

Illustration de Gustave Doré (1832-1883) pour le frontispice des Contes *de Perrault (1862).*

3. Le jour où elles apprennent que le prince donne un bal, les deux sœurs de Cendrillon laissent éclater leur joie. Notre héroïne n'est pas invitée, mais elle rêve secrètement d'être de la fête. Sa marraine fée lui vient alors en aide d'une façon très inattendue...

4. Un bûcheron et sa femme, ne pouvant plus nourrir leurs sept fils, décident de les abandonner dans la forêt voisine. Le dernier-né, Poucet, est bien décidé à sauver ses frères d'une mort certaine. Mais il n'a dans ses poches que quelques cailloux blancs...

Qui est l'auteur ?

Charles Perrault

● UN DÉBUT SANS HISTOIRE...

Charles Perrault, le dernier-né de cinq enfants, naît en 1628 dans une famille bourgeoise assez riche. Élève brillant, il fait des études de droit, devient avocat, mais abandonne très vite ce métier. Il entre dans l'administration royale ; pourtant sa passion, c'est d'écrire...

● AU SERVICE DU ROI-SOLEIL

En 1660, il se fait remarquer en composant un poème pour le mariage de Louis XIV. Colbert, le plus grand ministre du roi, l'engage peu après. Sa mission : diffuser une image glorieuse du souverain, un peu comme le ferait un publicitaire d'aujourd'hui ! Pendant vingt ans, Perrault est un des hommes les plus importants de la cour. Mais, à la mort de Colbert, il est renvoyé.

● ET PERRAULT CRÉA LE CONTE...

Il se consacre alors à l'écriture. Il publie d'abord *Le Siècle de Louis Le Grand*, qui fait scandale, mais devient célèbre avec ses *Contes* : trois en vers* et huit en prose* comme *Le Petit Chaperon rouge* ou *Cendrillon*. Il est le premier à mettre par écrit des contes merveilleux que les grands-mères racontaient jusqu'alors au coin du feu dans les campagnes.

VIE DE CHARLES PERRAULT	**1628** Naissance de Perrault	**1651** Devient avocat	**1660** Remarqué par Louis XIV *(Ode en l'honneur du mariage du Roi)*	**1661** Recruté par Colbert	**1671** Élu à l'Académie française
HISTOIRE	**1643** Mort de Louis XIII Régence d'Anne d'Autriche	**1661** Début du règne personnel de Louis XIV Colbert devient ministre	**1666** Molière, *Le Médecin malgré lui*	**1667** La Fontaine, *Fables*	**1668** Molière, *L'Avare*

Que se passe-t-il à l'époque ?

L'histoire

● LE RÈGNE DE LOUIS XIV

En 1661 commence le règne personnel de Louis XIV. Aidé par son ministre Colbert, il gouverne la France avec beaucoup d'autorité.

● UN ROI QUI SOIGNE SON IMAGE

Louis XIV s'entoure d'artistes, chargés de donner une belle image de lui. Il fait construire le château de Versailles pour montrer sa puissance.

● UNE SOCIÉTÉ INÉGALITAIRE

La majorité de la population vit dans les campagnes, écrasée d'impôts, confrontée aux famines et à la pauvreté, tandis que les nobles vivent dans le luxe et les plaisirs de la Cour.

La littérature

● LE THÉÂTRE ET LA POÉSIE À LA MODE

Avant Perrault, le conte n'existe qu'à l'oral. Les auteurs à succès écrivent surtout des pièces de théâtre (Molière, Racine...) et des vers* (La Fontaine et ses *Fables*).

● LA QUERELLE DES ANCIENS ET DES MODERNES*

De grands écrivains affirment que les auteurs de l'Antiquité sont les meilleurs et qu'il faut les imiter. Au contraire, dans *Le Siècle de Louis le Grand*, Perrault explique que son époque vaut bien celle de la Rome antique : cette idée déclenche une longue dispute entre le clan des Anciens et celui des Modernes, mené par Perrault.

1683 Perrault « chassé » de la Cour

1687 *Le Siècle de Louis Le Grand*

1694 *Contes en vers (Peau d'Âne)*

1697 *Contes en prose*

1703 Mort de Perrault

1673 Molière, *Le Malade imaginaire*

1682 Louis XIV s'installe à Versailles avec sa Cour

1687 Querelle des Anciens et des Modernes

1697 Madame d'Aulnoy, *Contes*

Contentes

Le Petit Chaperon rouge

Il était une fois une petite fille de village, la plus jolie qu'on eût su voir ; sa mère en était folle, et sa mère-grand plus folle encore. Cette bonne femme lui fit faire un petit chaperon rouge, qui lui seyait si bien[1], que partout on l'appelait le petit chaperon rouge.

Un jour sa mère, ayant cuit et fait des galettes, lui dit :

« Va voir comme se porte ta mère-grand, car on m'a dit qu'elle était malade, porte-lui une galette et ce petit pot de beurre. »

Le petit chaperon rouge partit aussitôt pour aller chez sa mère-grand, qui demeurait dans un autre village. En passant dans un bois elle rencontra compère le loup, qui eut bien envie de la manger, mais il n'osa, à cause de quelques bûcherons qui étaient dans la forêt. Il lui demanda où elle allait ; la pauvre enfant, qui ne savait pas qu'il est dangereux de s'arrêter à écouter un loup, lui dit :

« Je vais voir ma mère-grand, et lui porter une galette avec un petit pot de beurre que ma mère lui envoie.

– Demeure-t-elle bien loin ? lui dit le loup.

– Oh ! oui, dit le petit chaperon rouge, c'est par-delà le moulin que vous voyez tout là-bas, là-bas, à la première maison du village.

– Hé bien, dit le loup, je veux l'aller voir aussi ; je m'y en vais par ce chemin ici, et toi par ce chemin-là, et nous verrons qui plus tôt y sera. »

Le loup se mit à courir de toute sa force par le chemin qui était le plus court, et la petite fille s'en alla par le chemin le plus long, s'amusant à cueillir des noisettes, à courir après des papillons, et à faire des bouquets des petites fleurs qu'elle rencontrait. Le loup

1. **Qui lui seyait si bien** : qui lui allait si bien.

Gravure de Gustave Doré (1832-1883) pour Le Petit Chaperon rouge *(1862).*

ne fut pas longtemps à arriver à la maison de la mère-grand ; il heurte : Toc, toc.

« Qui est là ?

– C'est votre fille le petit chaperon rouge (dit le loup, en contrefaisant sa voix) qui vous apporte une galette et un petit pot de beurre que ma mère vous envoie. »

La bonne mère-grand, qui était dans son lit à cause qu'elle se trouvait un peu mal, lui cria :

« Tire la chevillette, la bobinette cherra. »

Le loup tira la chevillette, et la porte s'ouvrit. Il se jeta sur la bonne femme, et la dévora en moins de rien ; car il y avait plus de trois jours qu'il n'avait mangé. Ensuite il ferma la porte, et s'alla coucher dans le lit de la mère-grand, en attendant le petit chaperon rouge, qui quelque temps après vint heurter à la porte. Toc, toc.

« Qui est là ? »

Le petit chaperon rouge, qui entendit la grosse voix du loup, eut peur d'abord, mais croyant que sa mère-grand était enrhumée, répondit :

« C'est votre fille le petit chaperon rouge, qui vous apporte une galette et un petit pot de beurre que ma mère vous envoie. »

Le loup lui cria en adoucissant un peu sa voix :

« Tire la chevillette, la bobinette cherra. »

Le petit chaperon rouge tira la chevillette, et la porte s'ouvrit. Le loup, la voyant entrer, lui dit en se cachant dans le lit sous la couverture :

« Mets la galette et le petit pot de beurre sur la huche, et viens te coucher avec moi. »

Le petit chaperon rouge se déshabille, et va se mettre dans le lit, où elle fut bien étonnée de voir comment sa mère-grand était faite en son déshabillé. Elle lui dit :

« Ma mère-grand, que vous avez de grands bras !
– C'est pour mieux t'embrasser, ma fille.
– Ma mère-grand, que vous avez de grandes jambes !
– C'est pour mieux courir, mon enfant.
– Ma mère-grand, que vous avez de grandes oreilles !
– C'est pour mieux écouter, mon enfant.
– Ma mère-grand, que vous avez de grands yeux !
– C'est pour mieux voir, mon enfant.
– Ma mère-grand, que vous avez de grandes dents !
– C'est pour te manger. »

Et en disant ces mots, ce méchant loup se jeta sur le petit chaperon rouge, et la mangea.

MORALITÉ

On voit ici que de jeunes enfants,
Surtout de jeunes filles
Belles, bien faites, et gentilles,
Font très mal d'écouter toute sorte de gens,
Et que ce n'est pas chose étrange,
S'il en est tant que le loup mange.
Je dis le Loup, car tous les loups
Ne sont pas de la même sorte ;
Il en est d'une humeur accorte,
Sans bruit, sans fiel et sans courroux,
Qui privés, complaisants et doux,
Suivent les jeunes Demoiselles
Jusque dans les maisons, jusque dans les ruelles ;
Mais hélas ! qui ne sait que ces Loups doucereux,
De tous les Loups sont les plus dangereux.

La Barbe bleue

Il était une fois un homme qui avait de belles maisons à la ville et à la campagne, de la vaisselle d'or et d'argent, des meubles en broderie, et des carrosses tout dorés ; mais par malheur cet homme avait la barbe bleue : cela le rendait si laid et si terrible, qu'il n'était ni femme ni fille qui ne s'enfuît de devant lui[1].

Une de ses voisines, dame de qualité, avait deux filles parfaitement belles. Il lui en demanda une en mariage, et lui laissa le choix de celle qu'elle voudrait lui donner. Elles n'en voulaient point toutes deux, et se le renvoyaient l'une à l'autre, ne pouvant se résoudre[2] à prendre un homme qui eût la barbe bleue. Ce qui les dégoûtait encore, c'est qu'il avait déjà épousé plusieurs femmes, et qu'on ne savait ce que ces femmes étaient devenues.

La Barbe bleue, pour faire connaissance, les mena avec leur mère, et trois ou quatre de leurs meilleures amies, et quelques jeunes gens du voisinage, à une de ses maisons de campagne, où on demeura huit jours entiers. Ce n'était que promenades, que parties de chasse et de pêche, que danses et festins, que collations : on ne dormait point, et on passait toute la nuit à se faire des malices les uns aux autres ; enfin tout alla si bien, que la cadette commença à trouver que le maître du logis n'avait plus la barbe si bleue, et que c'était un fort honnête homme[3]. Dès qu'on fut de retour à la ville, le mariage se conclut.

1. **Qu'il n'était ni femme ni fille qui ne s'enfuît de devant lui :** que toutes les femmes et les filles s'enfuyaient en le voyant.
2. **Se résoudre** : se décider.
3. **Un fort honnête homme** : un homme très agréable, avec de bonnes manières.

Au bout d'un mois la Barbe bleue dit à sa femme qu'il était obligé de faire un voyage en province, de six semaines au moins, pour une affaire de conséquence[1] ; qu'il la priait de se bien divertir pendant son absence, qu'elle fît venir ses bonnes amies, qu'elle les menât à la campagne si elle voulait, que partout elle fît bonne chère. « Voilà, lui dit-il, les clefs des deux grands garde-meubles, voilà celles de la vaisselle d'or et d'argent qui ne sert pas tous les jours, voilà celles de mes coffres-forts, où est mon or et mon argent, celles des cassettes[2] où sont mes pierreries, et voilà le passe-partout de tous les appartements. Pour cette petite clef-ci, c'est la clef du cabinet au bout de la grande galerie de l'appartement bas : ouvrez tout, allez partout, mais pour ce petit cabinet, je vous défends d'y entrer, et je vous le défends de telle sorte, que s'il vous arrive de l'ouvrir, il n'y a rien que vous ne deviez attendre de ma colère●. »

Elle promit d'observer exactement tout ce qui lui venait d'être ordonné ; et lui, après l'avoir embrassée, il monte dans son carrosse, et part pour son voyage.

Les voisines et les bonnes amies n'attendirent pas qu'on les envoyât quérir[3] pour aller chez la jeune mariée, tant elles avaient d'impatience de voir toutes les richesses de sa maison, n'ayant osé y venir pendant que le mari y était, à cause de sa barbe bleue qui leur faisait peur. Les voilà aussitôt à parcourir les chambres, les cabinets, les garde-robes, toutes plus belles et plus riches les unes que les autres. Elles montèrent ensuite aux garde-meubles, où elles ne pouvaient assez admirer le nombre et la beauté des tapisseries, des lits, des sofas, des cabinets, des guéridons, des

1. **Une affaire de conséquence** : une affaire importante.
2. **Cassettes** : petits coffres.
3. **Qu'on les envoyât quérir** : qu'on les envoie chercher ou qu'on les invite.

● **Je vous l'interdis et, si vous l'ouvrez quand même, attendez-vous à ce que je me mette très en colère !**

tables et des miroirs, où l'on se voyait depuis les pieds jusqu'à la tête, et dont les bordures, les unes de glace, les autres d'argent et de vermeil doré, étaient les plus belles et les plus magnifiques qu'on eût jamais vues. Elles ne cessaient d'exagérer et d'envier le bonheur de leur amie, qui cependant ne se divertissait point[1] à voir toutes ces richesses, à cause de l'impatience qu'elle avait d'aller ouvrir le cabinet de l'appartement bas.

Elle fut si pressée de sa curiosité, que sans considérer qu'il était malhonnête de quitter sa compagnie, elle y descendit par un petit escalier dérobé, et avec tant de précipitation, qu'elle pensa se rompre le cou deux ou trois fois●. Étant arrivée à la porte du cabinet, elle s'y arrêta quelque temps, songeant à la défense que son mari lui avait faite, et considérant qu'il pourrait lui arriver malheur d'avoir été désobéissante ; mais la tentation était si forte qu'elle ne put la surmonter : elle prit donc la petite clef, et ouvrit en tremblant la porte du cabinet.

D'abord elle ne vit rien, parce que les fenêtres étaient fermées ; après quelques moments elle commença à voir que le plancher était tout couvert de sang caillé[2], et que dans ce sang se miraient[3] les corps de plusieurs femmes mortes et attachées le long des murs (c'étaient toutes les femmes que la Barbe bleue avait épousées et qu'il avait égorgées l'une après l'autre). Elle pensa mourir de peur, et la clef du cabinet qu'elle venait de retirer de la serrure lui tomba de la main. Après avoir un peu repris ses esprits[4], elle ramassa la clef, referma la porte, et monta à sa chambre pour

1. **Ne se divertissait point** : ne s'amusait pas.
2. **Sang caillé** : sang séché.
3. **Se miraient** : se reflétaient comme dans un miroir.
4. **Après avoir un peu repris ses esprits** : après s'être remise de ses émotions.

● **Sa curiosité fut si forte qu'elle ne pensa même pas qu'il était malpoli de quitter ses amies : elle descendit jusqu'au cabinet par un escalier secret, et si vite qu'elle crut qu'elle allait tomber deux ou trois fois.**

se remettre un peu, mais elle n'en pouvait venir à bout, tant elle était émue[1].

Ayant remarqué que la clef du cabinet était tachée de sang, elle l'essuya deux ou trois fois, mais le sang ne s'en allait point ; elle eut beau la laver, et même la frotter avec du sablon et avec du grès, il y demeura toujours du sang, car la clef était fée, et il n'y avait pas moyen de la nettoyer tout à fait : quand on ôtait le sang d'un côté, il revenait de l'autre.

La Barbe bleue revint de son voyage dès le soir même, et dit qu'il avait reçu des lettres dans le chemin, qui lui avaient appris que l'affaire pour laquelle il était parti venait d'être terminée à son avantage.

Sa femme fit tout ce qu'elle put pour lui témoigner qu'elle était ravie de son prompt retour[2].

Le lendemain il lui redemanda les clefs, et elle les lui donna, mais d'une main si tremblante, qu'il devina sans peine tout ce qui s'était passé.

« D'où vient, lui dit-il, que la clef du cabinet n'est point avec les autres ?

– Il faut, dit-elle, que je l'aie laissée là-haut sur ma table.

– Ne manquez pas, dit la Barbe bleue, de me la donner tantôt●. »

Après plusieurs remises[3], il fallut apporter la clef. La Barbe bleue, l'ayant considérée, dit à sa femme :

« Pourquoi y a-t-il du sang sur cette clef ?

– Je n'en sais rien, répondit la pauvre femme, plus pâle que la mort.

1. **Émue** : bouleversée.
2. **Son prompt retour** : son retour plus tôt que prévu.
3. **Après plusieurs remises** : après avoir repoussé ce moment plusieurs fois.

● **Je l'ai certainement laissée là-haut sur ma table, lui dit-elle. Surtout, dit la Barbe bleue, rendez-la moi dès que possible !**

– Vous n'en savez rien, reprit la Barbe bleue, je le sais bien, moi : vous avez voulu entrer dans le cabinet ! Hé bien, Madame, vous y entrerez, et irez prendre votre place auprès des dames que vous y avez vues. »

Elle se jeta aux pieds de son mari, en pleurant et en lui demandant pardon, avec toutes les marques d'un vrai repentir de n'avoir pas été obéissante. Elle aurait attendri un rocher, belle et affligée[1] comme elle était ; mais la Barbe bleue avait le cœur plus dur qu'un rocher.

« Il faut mourir, Madame, lui dit-il, et tout à l'heure[2].

– Puisqu'il faut mourir, répondit-elle, en le regardant les yeux baignés de larmes, donnez-moi un peu de temps pour prier Dieu.

– Je vous donne un demi-quart d'heure, reprit la Barbe bleue, mais pas un moment davantage. »

Lorsqu'elle fut seule, elle appela sa sœur, et lui dit : « Ma sœur Anne (car elle s'appelait ainsi), monte, je te prie, sur le haut de la tour, pour voir si mes frères ne viennent point ; ils m'ont promis qu'ils me viendraient voir aujourd'hui, et si tu les vois, fais-leur signe de se hâter. » La sœur Anne monta sur le haut de la tour, et la pauvre affligée lui criait de temps en temps : « *Anne, ma sœur Anne, ne vois-tu rien venir ?* » Et la sœur Anne lui répondait : « *Je ne vois rien que le soleil qui poudroie, et l'herbe qui verdoie*● . »

Cependant la Barbe bleue, tenant un grand coutelas[3] à sa main, criait de toute sa force à sa femme :

« Descends vite, ou je monterai là-haut.

1. **Affligée** : désespérée.
2. **Tout à l'heure** : tout de suite.
3. **Un grand coutelas** : une grande épée.

● **Je ne vois que le soleil qui fait briller la poussière et l'herbe verte.**

– Encore un moment, s'il vous plaît », lui répondait sa femme ; et aussitôt elle criait tout bas : « *Anne, ma sœur Anne, ne vois-tu rien venir ?* »

Et la sœur Anne répondait : « *Je ne vois rien que le soleil qui poudroie, et l'herbe qui verdoie.* »

« Descends donc vite, criait la Barbe bleue, ou je monterai là-haut.

– Je m'en vais » répondait sa femme ; et puis elle criait : « *Anne, ma sœur Anne, ne vois-tu rien venir ?* »

– Je vois, répondit la sœur Anne, une grosse poussière qui vient de ce côté-ci.

– Sont-ce mes frères ?

– Hélas ! non ma sœur, c'est un troupeau de moutons.

– Ne veux-tu pas descendre ? criait la Barbe bleue.

– Encore un moment », répondait sa femme ; et puis elle criait : « *Anne, ma sœur Anne, ne vois-tu rien venir ?* »

– Je vois, répondit-elle, deux cavaliers qui viennent de ce côté-ci, mais ils sont bien loin encore... Dieu soit loué, s'écria-t-elle un moment après, ce sont mes frères ; je leur fais signe tant que je puis de se hâter. »

La Barbe bleue se mit à crier si fort que toute la maison en trembla. La pauvre femme descendit, et alla se jeter à ses pieds tout éplorée et tout échevelée[1]. « Cela ne sert de rien, dit la Barbe bleue, il faut mourir. » Puis la prenant d'une main par les cheveux, et de l'autre levant le coutelas en l'air, il allait lui abattre la tête. La pauvre femme se tournant vers lui, et le regardant avec des yeux mourants, le pria de lui donner un petit moment pour se recueillir[2]. « Non, non, dit-il, et recommande-toi bien à Dieu » ; et levant son bras... Dans ce moment on heurta si fort à la porte,

1. **Tout éplorée et tout échevelée** : en pleurs et prise de panique.
2. **Se recueillir** : prier.

que la Barbe bleue s'arrêta tout court : on ouvrit, et aussitôt on vit entrer deux cavaliers, qui, mettant l'épée à la main, coururent droit à la Barbe bleue.

Il reconnut que c'était les frères de sa femme, l'un dragon et l'autre mousquetaire[1], de sorte qu'il s'enfuit aussitôt pour se sauver ; mais les deux frères le poursuivirent de si près, qu'ils l'attrapèrent avant qu'il pût gagner le perron[2]. Ils lui passèrent leur épée au travers du corps, et le laissèrent mort. La pauvre femme était presque aussi morte que son mari, et n'avait pas la force de se lever pour embrasser ses frères. Il se trouva que la Barbe bleue n'avait point d'héritiers, et qu'ainsi sa femme demeura maîtresse de tous ses biens●. Elle en employa une partie à marier sa sœur Anne avec un jeune gentilhomme[3], dont elle était aimée depuis longtemps ; une autre partie à acheter des charges de capitaine● à ses deux frères ; et le reste à se marier elle-même à un fort honnête homme, qui lui fit oublier le mauvais temps qu'elle avait passé avec la Barbe bleue.

MORALITÉ

La curiosité malgré tous ses attraits,
Coûte souvent bien des regrets ;
On en voit tous les jours mille exemples paraître.
C'est, n'en déplaise au sexe●, un plaisir bien léger ;
Dès qu'on le prend il cesse d'être,
Et toujours, il coûte trop cher.

1. **Dragon et mousquetaire** : soldats (le dragon est à cheval et le mousquetaire à pied).
2. **Perron** : marches à l'entrée d'une maison.
3. **Gentilhomme** : homme noble.

● Sa femme hérita de toutes ses richesses.

● Au XVIIe siècle, il fallait payer pour obtenir le rang de capitaine dans l'armée.

● C'est – je suis désolé de le rappeler aux femmes – un plaisir qui ne dure pas.

AUTRE MORALITÉ

Pour peu qu'on ait l'esprit sensé,
Et que du Monde on sache le grimoire,
On voit bientôt que cette histoire
Est un conte du temps passé●*;*
Il n'est plus d'époux si terrible,
Ni qui demande l'impossible,
Fût-il malcontent et jaloux.
Près de sa femme on le voit filer doux●*;*
Et de quelque couleur que sa barbe puisse être,
On a peine à juger qui des deux est le maître.

Gravure pour La Barbe bleue *(XVIIIe siècle, Paris, BNF).*

● Il suffit d'avoir un peu de bon sens / et de connaître la société / pour comprendre très vite que cette histoire / ne pourrait pas se passer aujourd'hui.

● Près de sa femme, il n'ose rien dire.

Le Maître Chat ou le Chat botté

Un meunier ne laissa pour tous biens à trois enfants qu'il avait, que son moulin, son âne, et son chat. Les partages furent bientôt faits, ni le notaire, ni le procureur n'y furent point appelés. Ils auraient eu bientôt mangé tout le pauvre patrimoine●. L'aîné eut le moulin, le second eut l'âne, et le plus jeune n'eut que le chat.

Ce dernier ne pouvait se consoler d'avoir un si pauvre lot : « Mes frères, disait-il, pourront gagner leur vie honnêtement en se mettant ensemble ; pour moi, lorsque j'aurai mangé mon chat, et que je me serai fait un manchon de sa peau, il faudra que je meure de faim. »

Le chat qui entendait ce discours, mais qui n'en fit pas semblant[1], lui dit d'un air posé et sérieux : « Ne vous affligez point, mon maître, vous n'avez qu'à me donner un sac, et me faire faire une paire de bottes pour aller dans les broussailles, et vous verrez que vous n'êtes pas si mal partagé[2] que vous croyez. »

Quoique le maître du chat ne fit pas grand fond là-dessus[3], il lui avait vu faire tant de tours de souplesse, pour prendre des rats et des souris, comme quand il se pendait par les pieds, ou qu'il se cachait dans la farine pour faire le mort, qu'il ne désespéra pas d'en être secouru dans sa misère.

Lorsque le chat eut ce qu'il avait demandé, il se botta bravement, et mettant son sac à son cou, il en prit les cordons avec ses deux pattes de devant, et s'en alla dans une garenne où il y avait

1. **Mais qui n'en fit pas semblant** : qui fit semblant de ne pas comprendre.
2. **Vous n'êtes pas si mal partagé** : vous n'êtes pas si désavantagé.
3. **Ne fit pas grand fond là-dessus** : ne compta pas trop là-dessus.

● **Ici, Perrault se moque des hommes de loi qui s'occupent des héritages en les accusant de voler les richesses des gens.**

grand nombre de lapins. Il mit du son et des lasserons[1] dans son sac, et s'étendant comme s'il eût été mort, il attendit que quelque jeune lapin, peu instruit encore des ruses de ce monde, vint se fourrer dans son sac pour manger ce qu'il y avait mis.

À peine fut-il couché, qu'il eut contentement ; un jeune étourdi de lapin entra dans son sac et le maître chat tirant aussitôt les cordons le prit et le tua sans miséricorde[2].

Tout glorieux de sa proie, il s'en alla chez le roi et demanda à lui parler. On le fit monter à l'appartement de sa Majesté, où étant entré il fit une grande révérence au roi, et lui dit :

« Voilà, Sire, un lapin de garenne que Monsieur le marquis de Carabas (c'était le nom qu'il lui prit en gré[3] de donner à son maître) m'a chargé de vous présenter de sa part.

– Dis à ton maître, répondit le roi, que je le remercie, et qu'il me fait plaisir. »

Une autre fois, il alla se cacher dans un blé, tenant toujours son sac ouvert ; et lorsque deux perdrix y furent entrées, il tira les cordons, et les prit toutes deux. Il alla ensuite les présenter au roi, comme il avait fait le lapin de garenne. Le roi reçut encore avec plaisir les deux perdrix, et lui fit donner pour boire.

Le chat continua ainsi pendant deux ou trois mois à porter de temps en temps au roi du gibier de la chasse de son maître. Un jour qu'il sut que le roi devait aller à la promenade sur le bord de la rivière avec sa fille, la plus belle princesse du monde, il dit à son maître : « Si vous voulez suivre mon conseil, votre fortune est faite : vous n'avez qu'à vous baigner dans la rivière à l'endroit que je vous montrerai, et ensuite me laisser faire. »

1. **Lasserons** : céréales et herbes sauvages que les lapins aiment beaucoup.
2. **Sans miséricorde** : sans pitié.
3. **Qu'il lui prit en gré** : qu'il eut envie.

Le marquis de Carabas fit ce que son chat lui conseillait, sans savoir à quoi cela serait bon. Dans le temps qu'il se baignait[1], le roi vint à passer, et le chat se mit à crier de toute sa force : « Au secours, au secours, voilà Monsieur le marquis de Carabas qui se noie ! » À ce cri le roi mit la tête à la portière, et reconnaissant le chat qui lui avait apporté tant de fois du gibier, il ordonna à ses gardes qu'on allât vite au secours de Monsieur le marquis de Carabas.

Pendant qu'on retirait le pauvre marquis de la rivière, le chat s'approcha du carrosse, et dit au roi que dans le temps que son maître se baignait il était venu des voleurs qui avaient emporté ses habits, quoiqu'il eût crié au voleur de toute sa force ; le drôle[2] les avait cachés sous une grosse pierre.

Le roi ordonna aussitôt aux officiers de sa garde-robe d'aller quérir[3] un de ses plus beaux habits pour Monsieur le marquis de Carabas. Le roi lui fit mille caresses, et comme les beaux habits qu'on venait de lui donner relevaient sa bonne mine (car il était beau, et bien fait de sa personne), la fille du roi le trouva fort à son gré, et le comte de Carabas ne lui eut pas jeté deux ou trois regards fort respectueux, et un peu tendres, qu'elle en devint amoureuse à la folie●.

Le roi voulut qu'il montât dans son carrosse, et qu'il fût de la promenade. Le chat ravi de voir que son dessein[4] commençait à

1. **Dans le temps qu'il se baignait** : pendant qu'il se baignait.
2. **Le drôle** : le coquin.
3. **Quérir** : chercher.
4. **Dessein** : plan.

● **Le roi lui fit mille compliments et, comme les beaux habits qu'on venait de lui donner le rendaient encore plus séduisant, il plut beaucoup à la fille du roi, et il suffit au marquis de lui jeter quelques coups d'œil un peu tendres pour qu'elle en tombe très amoureuse.**

réussir, prit les devants, et ayant rencontré des paysans qui fauchaient un pré[1], il leur dit : « Bonnes gens qui fauchez, si vous ne dites au roi que le pré que vous fauchez appartient à Monsieur le marquis de Carabas, vous serez tous hachés menu comme chair à pâté●. »

Le roi ne manqua pas à demander aux faucheux à qui était ce pré qu'ils fauchaient. « C'est à Monsieur le marquis de Carabas », dirent-ils tous ensemble, car la menace du chat leur avait fait peur.

« Vous avez là un bel héritage, dit le roi au marquis de Carabas.

– Vous voyez Sire, répondit le marquis, c'est un pré qui ne manque point de rapporter abondamment toutes les années. »

Le maître chat, qui allait toujours devant, rencontra des moissonneurs, et leur dit : « Bonnes gens qui moissonnez si vous ne dites pas que tous ces blés appartiennent à Monsieur le marquis de Carabas, vous serez tous hachés menu comme chair à pâté. » Le roi, qui passa un moment après, voulut savoir à qui appartenaient tous les blés qu'il voyait. « C'est à Monsieur le marquis de Carabas », répondirent les moissonneurs, et le roi s'en réjouit encore avec le marquis. Le chat, qui allait devant le carrosse, disait toujours la même chose à tous ceux qu'il rencontrait ; et le roi était étonné des grands biens de Monsieur le marquis de Carabas.

Le maître chat arriva enfin dans un beau château dont le maître était un ogre, le plus riche qu'on ait jamais vu, car toutes les terres par où le roi avait passé étaient de la dépendance de ce château. Le chat, qui eut soin de s'informer qui était cet ogre, et ce qu'il savait faire, demanda à lui parler, disant qu'il n'avait pas

1. **Fauchaient un pré** : coupaient l'herbe du pré.

● **Vous serez réduits en bouillie comme de la viande hachée.**

voulu passer si près de son château, sans avoir l'honneur de lui faire la révérence.

L'ogre le reçut aussi civilement[1] que le peut un ogre, et le fit reposer.

« On m'a assuré, dit le chat, que vous aviez le don de vous changer en toute sorte d'animaux, que vous pouviez par exemple vous transformer en lion, en éléphant ?

– Cela est vrai, répondit l'ogre brusquement, et pour vous le montrer, vous m'allez voir devenir lion. »

Le chat fut si effrayé de voir un lion devant lui, qu'il gagna aussitôt les gouttières[2], non sans peine et sans péril, à cause de ses bottes qui ne valaient rien pour marcher sur les tuiles.

Quelque temps après, le chat, ayant vu que l'ogre avait quitté sa première forme, descendit, et avoua qu'il avait eu bien peur.

« On m'a assuré encore, dit le chat, mais je ne saurais le croire, que vous aviez aussi le pouvoir de prendre la forme des plus petits animaux, par exemple, de vous changer en un rat, en une souris ; je vous avoue que je tiens cela tout à fait impossible●.

– Impossible ? reprit l'ogre, vous allez voir », et en même temps il se changea en une souris, qui se mit à courir sur le plancher.

Le chat ne l'eut pas plus tôt aperçue qu'il se jeta dessus, et la mangea. Cependant le roi, qui vit en passant le beau château de l'ogre, voulut entrer dedans. Le chat, qui entendit le bruit du carrosse qui passait sur le pont-levis courut au-devant, et dit au roi :

« Votre Majesté soit la bienvenue dans le château de Monsieur le marquis de Carabas.

1. **Civilement** : poliment.
2. **Il gagna aussitôt les gouttières** : il courut aussitôt vers les gouttières.

● **Je crois que c'est tout à fait impossible.**

– Comment, Monsieur le Marquis, s'écria le roi, ce château est encore à vous ! il ne se peut rien de plus beau que cette cour et que tous ces bâtiments qui l'environnent ; voyons les dedans, s'il vous plaît. »

Le marquis donna la main à la jeune princesse, et suivant le roi qui montait le premier, ils entrèrent dans une grande salle où ils trouvèrent une magnifique collation[1] que l'ogre avait fait préparer pour ses amis qui le devaient venir voir ce même jour-là, mais qui n'avaient pas osé entrer, sachant que le roi y était. Le roi charmé des bonnes qualités de Monsieur le marquis de Carabas, de même que sa fille qui en était folle, et voyant les grands biens qu'il possédait, lui dit, après avoir bu cinq ou six coups : « Il ne tiendra qu'à vous, Monsieur le Marquis, que vous ne soyez mon gendre. » Le marquis, faisant de grandes révérences, accepta l'honneur que lui faisait le roi ; et dès le même jour épousa la princesse. Le chat devint grand seigneur, et ne courut plus après les souris, que pour se divertir.

MORALITÉ

Quelque grand que soit l'avantage
De jouir d'un riche héritage
Venant à nous de père en fils,
Aux jeunes gens pour l'ordinaire[2],
L'industrie[3] et le savoir-faire
Valent mieux que des biens acquis[4].

1. **Collation** : repas.
2. **Pour l'ordinaire** : le plus souvent.
3. **Industrie** : ruse, intelligence.
4. **Bien acquis** : richesses héritées.

Il vous suffit d'un mot et vous épouserez ma fille.

Même si on hérite de beaucoup de richesses.

AUTRE MORALITÉ

Si le fils d'un meunier, avec tant de vitesse,
Gagne le cœur d'une princesse,
Et s'en fait regarder avec des yeux mourants[1]*,*
C'est que l'habit, la mine[2] *et la jeunesse,*
Pour inspirer de la tendresse,
N'en sont pas des moyens toujours indifférents●.

Gravure sur cuivre de Lucien Boucher (1889-1971) pour Le Chat botté *(xx*[e] *siècle).*

1. **Mourants** : pleins d'amour.
2. **La mine** : l'apparence extérieure.

● **Peuvent être des moyens bien utiles.**

Les Fées

Il était une fois une veuve[1] qui avait deux filles ; l'aînée lui ressemblait si fort et d'humeur et de visage, que qui la voyait voyait la mère●. Elles étaient toutes deux si désagréables et si orgueilleuses qu'on ne pouvait vivre avec elles. La cadette, qui était le vrai portrait de son père pour la douceur et pour l'honnêteté, était avec cela une des plus belles filles qu'on eût su voir. Comme on aime naturellement son semblable●, cette mère était folle de sa fille aînée, et en même temps avait une aversion[2] effroyable pour la cadette. Elle la faisait manger à la cuisine et travailler sans cesse.

Il fallait entre autre chose que cette pauvre enfant allât deux fois le jour puiser de l'eau à une grande demi-lieue du logis[3], et qu'elle en rapportât plein une grande cruche. Un jour qu'elle était à cette fontaine, il vint à elle une pauvre femme qui la pria de lui donner à boire.

« Oui-da, ma bonne mère », dit cette belle fille ; et rinçant aussitôt sa cruche, elle puisa de l'eau au plus bel endroit de la fontaine, et la lui présenta, soutenant toujours la cruche afin qu'elle bût plus aisément. La bonne femme, ayant bu, lui dit : « Vous êtes si belle, si bonne, et si honnête, que je ne puis m'empêcher de vous faire un don (car c'était une fée qui avait pris la forme d'une pauvre femme de village, pour voir jusqu'où irait l'honnêteté de cette jeune fille). Je vous donne pour don, poursuivit la fée, qu'à

1. **Veuve** : femme dont le mari est mort.
2. **Aversion** : haine.
3. **À une grande demi-lieue du logis** : à deux bons kilomètres de la maison (une lieue équivaut à quatre kilomètres).

● **L'aînée lui ressemblait tellement de caractère et de visage que, quand on la voyait, on avait l'impression de voir sa mère.**

● **Comme on aime généralement ceux qui nous ressemblent.**

chaque parole que vous direz, il vous sortira de la bouche ou une fleur, ou une pierre précieuse. »

Lorsque cette belle fille arriva au logis, sa mère la gronda de revenir si tard de la fontaine. « Je vous demande pardon, ma mère, dit cette pauvre fille, d'avoir tardé si longtemps » ; et en disant ces mots, il lui sortit de la bouche deux roses, deux perles, et deux gros diamants. « Que vois-je là ! dit sa mère tout étonnée ; je crois qu'il lui sort de la bouche des perles et des diamants ; d'où vient cela, ma fille ? » (ce fut là la première fois qu'elle l'appela sa fille). La pauvre enfant lui raconta naïvement tout ce qui lui était arrivé, non sans jeter[1] une infinité de diamants.

« Vraiment, dit la mère, il faut que j'y envoie ma fille ; tenez, Fanchon, voyez ce qui sort de la bouche de votre sœur quand elle parle ; ne seriez-vous pas bien aise[2] d'avoir le même don ? Vous n'avez qu'à aller puiser de l'eau à la fontaine ; et quand une pauvre femme vous demandera à boire, lui en donner bien honnêtement.

– Il me ferait beau voir, répondit la brutale, aller à la fontaine.

– Je veux que vous y alliez, reprit la mère, et tout à l'heure ! »

Elle y alla, mais toujours en grondant. Elle prit le plus beau flacon d'argent qui fût dans le logis. Elle ne fut pas plus tôt arrivée à la fontaine qu'elle vit sortir du bois une dame magnifiquement vêtue qui vint lui demander à boire : c'était la même fée qui avait apparu à sa sœur, mais qui avait pris l'air et les habits d'une princesse, pour voir jusqu'où irait la malhonnêteté de cette fille.

« Est-ce que je suis ici venue, lui dit cette brutale orgueilleuse, pour vous donner à boire ? Justement j'ai apporté un flacon d'ar-

1. **Non sans jeter** : tout en jetant.
2. **Ne seriez-vous pas bien aise** : ne seriez-vous pas contente.

J'aimerais bien voir ça, tiens !

Et plus vite que ça !

gent tout exprès pour donner à boire à Madame ! J'en suis d'avis, buvez à même si vous voulez●.

– Vous n'êtes guère honnête, reprit la fée, sans se mettre en colère ; hé bien ! puisque vous êtes si peu obligeante[1], je vous donne pour don qu'à chaque parole que vous direz, il vous sortira de la bouche ou un serpent ou un crapaud. »

D'abord que[2] sa mère l'aperçut, elle lui cria :

« Hé bien, ma fille !

– Hé bien, ma mère ! lui répondit la brutale, en jetant deux vipères, et deux crapauds.

– Ô Ciel ! s'écria la mère, que vois-je là ? C'est sa sœur qui en est la cause, elle me le paiera » ; et aussitôt elle courut pour la battre.

La pauvre enfant s'enfuit, et alla se sauver dans la forêt prochaine. Le fils du roi qui revenait de la chasse la rencontra et la voyant si belle, lui demanda ce qu'elle faisait là toute seule et ce qu'elle avait à pleurer. « Hélas ! Monsieur, c'est ma mère qui m'a chassée du logis. » Le fils du roi, qui vit sortir de sa bouche cinq ou six perles, et autant de diamants, la pria de lui dire d'où cela lui venait. Elle lui conta toute son aventure. Le fils du roi en devint amoureux, et considérant qu'un tel don valait mieux que tout ce qu'on pouvait donner en mariage à une autre, l'emmena au palais du roi son père, où il l'épousa.

Pour sa sœur[3], elle se fit tant haïr, que sa propre mère la chassa de chez elle ; et la malheureuse, après avoir bien couru sans trouver personne qui voulût la recevoir, alla mourir au coin d'un bois.

1. **Obligeante** : serviable.
2. **D'abord que** : dès que.
3. **Pour sa sœur** : en ce qui concerne sa sœur.

● **Vous n'avez qu'à vous servir toute seule si vous avez soif.**

MORALITÉ

Les diamants et les pistoles[1],
Peuvent beaucoup sur les esprits ;
Cependant les douces paroles
Ont encore plus de force, et sont d'un plus grand prix.

AUTRE MORALITÉ

L'honnêteté coûte des soins,
Et veut un peu de complaisance●,
Mais tôt ou tard elle a sa récompense,
Et souvent dans le temps qu'on y pense le moins.

Gravure d'Adrien Marie pour Les Fées *(1884).*

1. **Pistole** : ancienne monnaie d'or.

● **Pour être honnête, il faut faire des efforts / et se montrer serviable.**

Cendrillon ou la Petite Pantoufle de verre

Il était une fois un gentilhomme[1] qui épousa en secondes noces une femme, la plus hautaine et la plus fière qu'on eût jamais vue. Elle avait deux filles de son humeur[2], et qui lui ressemblaient en toutes choses. Le mari avait de son côté une jeune fille, mais d'une douceur et d'une bonté sans exemple ; elle tenait cela de sa mère, qui était la meilleure personne du monde.

Les noces ne furent pas plus tôt faites, que la belle-mère fit éclater sa mauvaise humeur ; elle ne put souffrir[3] les bonnes qualités de cette jeune enfant, qui rendaient ses filles encore plus haïssables. Elle la chargea des plus viles occupations de la maison[4] : c'était elle qui nettoyait la vaisselle et les montées, qui frottait la chambre de Madame, et celles de Mesdemoiselles ses filles ; elle couchait tout au haut de la maison, dans un grenier, sur une méchante paillasse[5], pendant que ses sœurs étaient dans des chambres parquetées, où elles avaient des lits des plus à la mode, et des miroirs où elles se voyaient depuis les pieds jusqu'à la tête. La pauvre fille souffrait tout avec patience, et n'osait s'en plaindre à son père qui l'aurait grondée, parce que sa femme le gouvernait entièrement.

Lorsqu'elle avait fait son ouvrage, elle s'allait mettre au coin de la cheminée, et s'asseoir dans les cendres, ce qui faisait qu'on

1. **Gentilhomme** : homme riche et noble.
2. **De son humeur** : qui avaient le même caractère qu'elle.
3. **Souffrir** : supporter.
4. **Des plus viles occupations de la maison** : des tâches ménagères les plus basses et pénibles.
5. **Méchante paillasse** : lit de mauvaise qualité.

l'appelait communément dans le logis Cucendron. La cadette, qui n'était pas si malhonnête[1] que son aînée, l'appelait Cendrillon ; cependant Cendrillon, avec ses méchants habits, ne laissait pas d'être[2] cent fois plus belle que ses sœurs, quoique vêtues très magnifiquement.

Il arriva que le fils du roi donna un bal, et qu'il en pria toutes les personnes de qualité : nos deux demoiselles en furent aussi priées, car elles faisaient grande figure dans le pays. Les voilà bien aises[3] et bien occupées à choisir les habits et les coiffures qui leur siéraient[4] le mieux ; nouvelle peine pour Cendrillon, car c'était elle qui repassait le linge de ses sœurs et qui godronnait leurs manchettes. On ne parlait que de la manière dont on s'habillerait.

« Moi, dit l'aînée, je mettrai mon habit de velours rouge et ma garniture[5] d'Angleterre.

– Moi, dit la cadette, je n'aurai que ma jupe ordinaire ; mais en récompense, je mettrai mon manteau à fleurs d'or, et ma barrière de diamants, qui n'est pas des plus indifférentes. »

On envoya quérir[6] la bonne coiffeuse, pour dresser les cornettes à deux rangs, et on fit acheter des mouches de la bonne faiseuse[7] : elles appelèrent Cendrillon pour lui demander son avis, car elle avait le goût bon. Cendrillon les conseilla le mieux du monde, et s'offrit même à les coiffer ; ce qu'elles voulurent bien.

1. **Malhonnête** : méchante.
2. **Ne laissait pas d'être** : était pourtant.
3. **Bien aises** : contentes.
4. **Siéraient** : iraient.
5. **Garniture** : dentelle.
6. **Quérir** : chercher.
7. **Faiseuse** : couturière.

Il invita toutes les personnes riches et nobles.

Par contre, je mettrai mon manteau à fleurs d'or et ma broche de diamants qui attirera tous les regards.

Faux grains de beauté que les femmes, au XVIIe siècle, se collaient sur le visage et le décolleté.

En les coiffant, elles lui disaient :

« Cendrillon, serais-tu bien aise d'aller au bal ?

– Hélas, Mesdemoiselles, vous vous moquez de moi, ce n'est pas là ce qu'il me faut.

– Tu as raison, on rirait bien si on voyait un Cucendron aller au bal. »

Une autre que Cendrillon les aurait coiffées de travers ; mais elle était bonne, et elle les coiffa parfaitement bien. Elles furent près de deux jours sans manger, tant elles étaient transportées de joie. On rompit plus de douze lacets à force de les serrer pour leur rendre la taille plus menue, et elles étaient toujours devant le miroir.

Enfin l'heureux jour arriva, on partit, et Cendrillon les suivit des yeux le plus longtemps qu'elle put ; lorsqu'elle ne les vit plus, elle se mit à pleurer. Sa marraine, qui la vit toute en pleurs, lui demanda ce qu'elle avait. « Je voudrais bien... je voudrais bien... » Elle pleurait si fort qu'elle ne put achever. Sa marraine, qui était fée, lui dit :

« Tu voudrais bien aller au bal, n'est-ce pas ?

– Hélas oui, dit Cendrillon en soupirant.

– Hé bien, seras-tu bonne fille ? dit sa marraine ; je t'y ferai aller. »

Elle la mena dans sa chambre, et lui dit : « Va dans le jardin et apporte-moi une citrouille. » Cendrillon alla aussitôt cueillir la plus belle qu'elle put trouver, et la porta à sa marraine, ne pouvant deviner comment cette citrouille la pourrait faire aller au bal. Sa marraine la creusa, et n'ayant laissé que l'écorce, la frappa de sa

À l'époque, les femmes portaient des corsets qu'on serrait grâce à des lacets. Ces sous-vêtements servaient à rendre la taille plus fine.

baguette, et la citrouille fut aussitôt changée en un beau carrosse tout doré. Ensuite elle alla regarder dans sa souricière[1], où elle trouva six souris toutes en vie ; elle dit à Cendrillon de lever un peu la trappe de la souricière, et à chaque souris qui sortait, elle lui donnait un coup de baguette, et la souris était aussitôt changée en un beau cheval ; ce qui fit un bel attelage de six chevaux, d'un beau gris de souris pommelé.

Comme elle était en peine de quoi elle ferait un cocher● :

« Je vais voir, dit Cendrillon, s'il n'y a point quelque rat dans la ratière, nous en ferons un cocher.

– Tu as raison, dit sa marraine, va voir. »

Cendrillon lui apporta la ratière, où il y avait trois gros rats. La fée en prit un d'entre les trois, à cause de sa maîtresse barbe[2], et l'ayant touché, il fut changé en un gros cocher, qui avait une des plus belles moustaches qu'on ait jamais vues.

Ensuite elle lui dit : « Va dans le jardin, tu y trouveras six lézards derrière l'arrosoir, apporte-les-moi. » Elle ne les eut pas plus tôt apportés que la marraine les changea en six laquais●, qui montèrent aussitôt derrière le carrosse avec leur habits chamarrés, et qui s'y tenaient attachés, comme s'ils n'eussent fait autre chose toute leur vie.

La fée dit alors à Cendrillon :

« Hé bien, voilà de quoi aller au bal, n'es-tu pas bien aise ?

– Oui, mais est-ce que j'irai comme cela avec mes vilains habits ? »

1. **Souricière** : piège à souris (de même la ratière, évoquée plus loin, est-elle un piège à rats).
2. **Sa maîtresse barbe** : ses belles moustaches.

● **Comme elle ne savait pas où trouver de quoi faire un conducteur pour le carrosse.**

● **Dès qu'elle les apporta, la marraine les changea en six serviteurs.**

Sa marraine ne fit que la toucher avec sa baguette, et en même temps ses habits furent changés en des habits de drap d'or et d'argent tout chamarrés de pierreries[1] ; elle lui donna ensuite une paire de pantoufles de verre, les plus jolies du monde. Quand elle fut ainsi parée[2], elle monta en carrosse ; mais sa marraine lui recommanda sur toutes choses de ne pas passer minuit, l'avertissant que si elle demeurait au bal un moment davantage, son carrosse redeviendrait citrouille, ses chevaux des souris, ses laquais des lézards, et que ses vieux habits reprendraient leur première forme. Elle promit à sa marraine qu'elle ne manquerait pas de sortir du bal avant minuit.

Elle part, ne se sentant pas de joie. Le fils du roi, qu'on alla avertir qu'il venait d'arriver une grande princesse qu'on ne connaissait point, courut la recevoir ; il lui donna la main à la descente du carrosse, et la mena dans la salle où était la compagnie. Il se fit alors un grand silence ; on cessa de danser et les violons ne jouèrent plus, tant on était attentif à contempler les grandes beautés de cette inconnue. On n'entendait qu'un bruit confus : « Ah, qu'elle est belle ! » Le roi même, tout vieux qu'il était, ne laissait pas de la regarder, et de dire tout bas à la reine qu'il y avait longtemps qu'il n'avait vu une si belle et si aimable personne. Toutes les dames étaient attentives à considérer[3] sa coiffure et ses habits, pour en avoir dès le lendemain de semblables, pourvu qu'il se trouvât des étoffes assez belles, et des ouvriers assez habiles.

Le fils du roi la mit à la place la plus honorable, et ensuite la prit pour la mener danser. Elle dansa avec tant de grâce[4], qu'on

1. **Chamarrés de pierreries** : brodés de pierres multicolores.
2. **Parée** : magnifiquement habillée.
3. **Considérer** : regarder, admirer.
4. **Avec tant de grâce** : avec légèreté et élégance.

Sa marraine lui recommanda de ne pas rester plus tard que minuit.

Elle part, toute joyeuse.

l'admira encore davantage. On apporta une fort belle collation[1], dont le jeune prince ne mangea point, tant il était occuper à la considérer. Elle alla s'asseoir auprès de ses sœurs, et leur fit mille honnêtetés : elle leur fit part des oranges et des citrons que le prince lui avait donnés, ce qui les étonna fort, car elles ne la connaissaient point.

Lorsqu'elles causaient ainsi, Cendrillon entendit sonner onze heures trois quarts : elle fit aussitôt une grande révérence à la compagnie, et s'en alla le plus vite qu'elle put. Dès qu'elle fut arrivée, elle alla trouver sa marraine, et après l'avoir remerciée, elle lui dit qu'elle souhaiterait bien aller encore le lendemain au bal, parce que le fils du roi l'en avait priée. Comme elle était occupée à raconter à sa marraine tout ce qui s'était passé au bal, les deux sœurs heurtèrent à la porte ; Cendrillon leur alla ouvrir. « Que vous êtes longtemps à revenir ! » leur dit-elle en bâillant, en se frottant les yeux, et en s'étendant comme si elle n'eût fait que de se réveiller ; elle n'avait cependant pas eu envie de dormir depuis qu'elles s'étaient quittées.

« Si tu étais venue au bal, lui dit une de ses sœurs, tu ne t'y serais pas ennuyée : il y est venu la plus belle princesse, la plus belle qu'on puisse jamais voir ; elle nous a fait mille civilités ; elle nous a donné des oranges et des citrons. »

Cendrillon ne se sentait pas de joie : elle leur demanda le nom de cette princesse ; mais elles lui répondirent qu'on ne la connaissait pas, que le fils du roi en était fort en peine[2], et qu'il donnerait toutes choses au monde pour savoir qui elle était.

1. **Collation** : repas.
2. **Fort en peine** : très embêté.

Il se montra très poli avec elles (voir aussi, plus bas : « il leur fit mille civilités).

Elle leur offrit des oranges et des citrons (ces fruits rares étaient donc très précieux à l'époque).

Cendrillon sourit et leur dit :

« Elle était donc bien belle ? Mon Dieu, que vous êtes heureuses, ne pourrais-je point la voir ? Hélas ! Mademoiselle Javotte, prêtez-moi votre habit jaune que vous mettez tous les jours.

– Vraiment, dit mademoiselle Javotte, je suis de cet avis ! Prêtez votre habit à un vilain Cucendron comme cela : il faudrait que je fusse bien folle. »

Cendrillon s'attendait bien à ce refus, et elle en fut bien aise, car elle aurait été grandement embarrassée si sa sœur eût bien voulu lui prêter son habit.

Le lendemain les deux sœurs furent au bal, et Cendrillon aussi, mais encore plus parée que la première fois. Le fils du roi fut toujours auprès d'elle, et ne cessa de lui conter des douceurs[1] ; la jeune demoiselle ne s'ennuyait point, et oublia ce que sa marraine lui avait recommandé ; de sorte qu'elle entendit sonner le premier coup de minuit, lorsqu'elle ne croyait pas qu'il fût encore onze heures : elle se leva et s'enfuit aussi légèrement qu'aurait fait une biche. Le prince la suivit, mais il ne put l'attraper ; elle laissa tomber une de ses pantoufles de verre, que le prince ramassa bien soigneusement. Cendrillon arriva chez elle bien essoufflée, sans carrosse, sans laquais, et avec ses méchants habits, rien ne lui étant resté de toute sa magnificence[2] qu'une de ses petites pantoufles, la pareille de celle qu'elle avait laissé tomber. On demanda aux gardes de la porte du palais s'ils n'avaient point vu sortir une princesse ; ils dirent qu'ils n'avaient vue sortir personne, qu'une jeune fille fort mal vêtue, et qui avait plus l'air d'une paysanne que d'une demoiselle.

1. **Lui conter des douceurs** : « flirter » avec elle.
2. **Sa magnificence** : sa splendeur.

Remarque moqueuse : en fait, Javotte n'a pas l'intention de prêter sa robe à Cendrillon.

Alors qu'elle croyait qu'il n'était même pas onze heures.

Quand ses deux sœurs revinrent du bal, Cendrillon leur demanda si elles s'étaient encore bien diverties[1], et si la belle dame y avait été ; elles lui dirent que oui, mais qu'elle s'était enfuie lorsque minuit avait sonné, et si promptement qu'elle avait laissé tomber une de ses petites pantoufles de verre, la plus jolie du monde ; que le fils du roi l'avait ramassée, et qu'il n'avait fait que la regarder pendant tout le reste du bal, et qu'assurément il était fort amoureux de la belle personne à qui appartenait la petite pantoufle.

Elles dirent vrai, car peu de jours après, le fils du roi fit publier à son de trompe qu'il épouserait celle dont le pied serait bien juste à la pantoufle. On commença à l'essayer aux princesses, ensuite aux duchesses, et à toute la cour, mais inutilement. On l'apporta chez les deux sœurs, qui firent tout leur possible pour faire entrer leur pied dans la pantoufle, mais elles en purent en venir à bout. Cendrillon qui les regardait, et qui reconnut sa pantoufle, dit en riant :

« Que je voie si elle ne me serait pas bonne ! » Ses sœurs se mirent à rire et à se moquer d'elle. Le gentilhomme qui faisait l'essai de la pantoufle, ayant regardé attentivement Cendrillon, et la trouvant fort belle, dit que cela était juste, et qu'il avait ordre de l'essayer à toutes les filles. Il fit asseoir Cendrillon, et approchant la pantoufle de son petit pied, il vit qu'elle y entrait sans peine, et qu'elle y était juste comme de cire. L'étonnement des deux sœurs fut grand, mais plus grand encore quand Cendrillon tira de sa poche l'autre petite pantoufle qu'elle mit à son pied. Là-des-

1. **Diverties** : amusées.

Le fils du roi annonça publiquement qu'il épouserait celle à qui la pantoufle irait bien.

Et si je l'essayais pour voir si elle me va ?

Elle lui allait parfaitement, comme si elle avait été faite pour elle.

sus arriva la marraine, qui ayant donné un coup de sa baguette sur les habits de Cendrillon, les fit devenir encore plus magnifiques que tous les autres.

Alors ses deux sœurs la reconnurent pour la belle personne qu'elles avaient vue au bal. Elles se jetèrent à ses pieds pour lui demander pardon de tous les mauvais traitements qu'elles lui avaient fait souffrir. Cendrillon les releva, et leur dit, en les embrassant, qu'elle leur pardonnait de bon cœur, et qu'elle les priait de l'aimer bien toujours. On la mena chez le jeune prince, parée comme elle était : il la trouva encore plus belle que jamais, et peu de jours après, il l'épousa. Cendrillon, qui était aussi bonne que belle, fit loger ses deux sœurs au palais, et les maria dès le jour même à deux grands seigneurs de la cour.

MORALITÉ

La beauté pour le sexe[1] est un rare trésor,
De l'admirer jamais on ne se lasse ;
Mais ce qu'on nomme bonne grâce[2]
Est sans prix et vaut mieux encor.

C'est ce qu'à Cendrillon fit avoir sa marraine,
En la dressant[3], en l'instruisant,
Tant et si bien qu'elle en fit une reine :
(Car ainsi sur ce conte on va moralisant.)

1. **Pour le sexe** : pour les femmes.
2. **Bonne grâce** : gentillesse, générosité.
3. **En la dressant** : en l'élevant.

On a toujours plaisir à l'admirer.

Belles, ce don vaut mieux que d'être bien coiffées,
Pour engager un cœur, pour en venir à bout●,
La bonne grâce est le vrai don des Fées ;
Sans elle on ne peut rien, avec elle, on peut tout.

AUTRE MORALITÉ

C'est sans doute un grand avantage,
D'avoir de l'esprit, du courage,
De la naissance[1], du bon sens,
Et d'autres semblables talents,
Qu'on reçoit du Ciel en partage[2] ;
Mais vous aurez beau les avoir,
Pour votre avancement ce seront choses vaines●,
Si vous n'avez, pour les faire valoir[3],
Ou des parrains ou des marraines.

Illustration de Henry Gerbault (1863-1930) pour Cendrillon *(1909).*

1. **De la naissance** : une famille noble et riche.
2. **Qu'on reçoit du Ciel en partage** : que Dieu nous donne.
3. **Pour les faire valoir** : pour les développer et en retirer quelque chose.

● **Pour séduire quelqu'un et le faire tomber amoureux.**

● **Cela ne vous servira à rien pour avancer dans la vie.**

Le Petit Poucet

Il était une fois un bûcheron et une bûcheronne, qui avaient sept enfants tous garçons. L'aîné n'avait que dix ans, et le plus jeune n'en avait que sept. On s'étonnera que le bûcheron ait eu tant d'enfants en si peu de temps ; mais c'est que sa femme allait vite en besogne, et n'en faisait pas moins que deux à la fois●.

Ils étaient fort pauvres, et leurs sept enfants les incommodaient[1] beaucoup, parce qu'aucun d'eux ne pouvait encore gagner sa vie. Ce qui les chagrinait encore, c'est que le plus jeune était fort délicat[2] et ne disait mot : prenant pour bêtise ce qui était une marque de la bonté de son esprit●. Il était fort petit, et quand il vint au monde, il n'était guère plus gros que le pouce, ce qui fit qu'on l'appela le petit Poucet.

Ce pauvre enfant était le souffre-douleur[3] de la maison, et on lui donnait toujours le tort. Cependant il était le plus fin, et le plus avisé[4] de tous ses frères, et s'il parlait peu, il écoutait beaucoup.

Il vint une année très fâcheuse, et la famine fut si grande, que ces pauvres gens résolurent de se défaire de leurs enfants●. Un soir que ces enfants étaient couchés, et que le bûcheron était auprès du feu avec sa femme, il lui dit, le cœur serré de douleur :

« Tu vois bien que nous ne pouvons plus nourrir nos enfants ; je ne saurais les voir mourir de faim devant mes yeux, et je suis

1. **Les incommodaient** : les gênaient.
2. **Délicat** : faible, fragile.
3. **Le souffre-douleur** : la victime préférée.
4. **Le plus fin, et le plus avisé** : le plus rusé, le plus intelligent.

● **La femme du bûcheron faisait deux enfants à la fois et retombait enceinte très vite.**

● **S'imaginant qu'il était stupide alors qu'il était en fait doux et timide.**

● **Ils décidèrent d'abandonner leurs enfants.**

résolu de les mener perdre demain au bois, ce qui sera bien aisé, car tandis qu'ils s'amuseront à fagoter[1], nous n'avons qu'à nous enfuir sans qu'ils nous voient.

– Ah ! s'écria la bûcheronne, pourrais-tu bien toi-même mener perdre tes enfants ! »

Son mari avait beau lui représenter leur grande pauvreté, elle ne pouvait y consentir ; elle était pauvre, mais elle était leur mère. Cependant ayant considéré quelle douleur ce lui serait de les voir mourir de faim, elle y consentit, et alla se coucher en pleurant.

Le petit Poucet ouït[2] tout ce qu'ils dirent, car ayant entendu de dedans son lit qu'ils parlaient d'affaires, il s'était levé doucement, et s'était glissé sous l'escabelle de son père pour les écouter sans être vu. Il alla se recoucher et ne dormit point le reste de la nuit, songeant à ce qu'il avait à faire. Il se leva de bon matin, et alla au bord d'un ruisseau où il emplit ses poches de petits cailloux blancs, et ensuite revint à la maison. On partit, et le petit Poucet ne découvrit rien[3] de tout ce qu'il savait à ses frères. Ils allèrent dans une forêt fort épaisse, où à dix pas de distance on ne se voyait pas l'un l'autre. Le bûcheron se mit à couper du bois et ses enfants à ramasser les broutilles pour faire des fagots. Le père et la mère, les voyant occupés à travailler, s'éloignèrent d'eux insensiblement, et puis s'enfuirent tout à coup par un petit sentier détourné.

Lorsque ces enfants se virent seuls, ils se mirent à crier et à pleurer de toute leur force. Le petit Poucet les laissait crier, sachant bien par où il reviendrait à la maison ; car en marchant

1. **Fagoter** : faire des tas de bois.
2. **Ouït** : entendit.
3. **Ne découvrit rien** : ne révéla rien.

il avait laissé tomber le long du chemin les petits cailloux blancs qu'il avait dans ses poches. Il leur dit donc : « Ne craignez point, mes frères ; mon père et ma mère nous ont laissé ici, mais je vous remènerai bien au logis, suivez-moi seulement. » Ils le suivirent, et il les mena jusqu'à leur maison par le même chemin qu'ils étaient venus dans la forêt. Ils n'osèrent d'abord entrer, mais ils se mirent tous contre la porte pour écouter ce qui disaient leur père et leur mère.

Dans le moment que le bûcheron et la bûcheronne arrivèrent chez eux, le seigneur du village leur envoya dix écus[1] qu'il leur devait il y avait longtemps, et dont ils n'espéraient plus rien. Cela leur redonna la vie, car les pauvres gens mouraient de faim. Le bûcheron envoya sur l'heure sa femme à la boucherie. Comme il y avait longtemps qu'elle n'avait mangé, elle acheta trois fois plus de viande qu'il n'en fallait pour le souper de deux personnes. Lorsqu'ils furent rassasiés, la bûcheronne dit : « Hélas ! où sont maintenant nos pauvres enfants ? Ils feraient bonne chère[2] de ce qui nous reste là ! Mais aussi, Guillaume, c'est toi qui les as voulu perdre ; j'avais bien dit que nous nous en repentirions[3]. Que font-ils maintenant dans cette forêt ? Hélas ! mon Dieu, les loups les ont peut-être déjà mangés ! Tu es bien inhumain d'avoir perdu ainsi tes enfants. » Le bûcheron s'impatienta à la fin, car elle redit plus de vingt fois qu'ils s'en repentiraient et qu'elle l'avait bien dit. Il la menaça de la battre si elle ne se taisait. Ce n'est pas que le bûcheron ne fût peut-être encore plus fâché que sa femme, mais c'est qu'elle lui rompait la tête●, et qu'il était de l'humeur de beaucoup d'autres gens, qui aiment fort les femmes qui disent

1. **Écu** : monnaie ancienne.
2. **Feraient bonne chère** : se régaleraient.
3. **Nous nous en repentirions** : nous nous en voudrions.

● **Le bûcheron était aussi triste que sa femme mais elle lui « cassait les pieds ».**

bien, mais qui trouvent très importunes celles qui ont toujours bien dit●.

La bûcheronne était tout en pleurs : « Hélas ! où sont maintenant mes enfants, mes pauvres enfants ? » Elle le dit une fois si haut que les enfants qui étaient à la porte, l'ayant entendu, se mirent à crier tous ensemble : « Nous voilà, nous voilà. » Elle courut vite leur ouvrir la porte, et leur dit en les embrassant : « Que je suis aise[1] de vous revoir, mes chers enfants ! Vous êtes bien las[2], et vous avez bien faim ; et toi Pierrot, comme te voilà crotté, viens que je te débarbouille. » Ce Pierrot était son fils aîné qu'elle aimait plus que tous les autres, parce qu'il était un peu rousseau, et qu'elle était un peu rousse.

Ils se mirent à table, et mangèrent d'un appétit qui faisait plaisir au père et à la mère, à qui ils racontaient la peur qu'ils avaient eue dans la forêt en parlant presque toujours tous ensemble. Ces bonnes gens étaient ravis de revoir leurs enfants avec eux, et cette joie dura tant que les dix écus durèrent. Mais lorsque l'argent fut dépensé, il retombèrent dans leur premier chagrin, et résolurent de les perdre encore, et pour ne pas manquer leur coup, de les mener bien plus loin que la première fois.

Ils ne purent parler de cela si secrètement qu'ils ne fussent entendus par le petit Poucet, qui fit son compte de sortir d'affaire comme il avait déjà fait● ; mais quoiqu'il se fût levé de bon matin pour aller ramasser de petits cailloux, il ne peut en venir à bout, car il trouva la porte de la maison fermée à double tour.

1. **Aise** : contente.
2. **Las** : fatigués.

● **Remarque de Perrault un peu insultante pour les femmes, qu'il accuse de vouloir toujours avoir raison.**

● **Ils ne furent pas assez discrets et le petit Poucet les entendit. Il se promit de sauver ses frères une fois de plus.**

Il ne savait que faire, lorsque la bûcheronne leur ayant donné à chacun un morceau de pain pour leur déjeuner, il songea qu'il pourrait se servir de son pain au lieu de cailloux en le jetant par miettes le long des chemins où ils passeraient : il le serra donc dans sa poche.

Le père et la mère les menèrent dans l'endroit de la forêt le plus épais et le plus obscur, et dès qu'ils y furent, ils gagnèrent un faux-fuyant et les laissèrent là. Le petit Poucet ne s'en chagrina pas beaucoup, parce qu'il croyait retrouver aisément son chemin par le moyen de son pain qu'il avait semé partout où il avait passé ; mais il fut bien surpris lorsqu'il ne put en retrouver une seule miette ; les oiseaux étaient venus qui avaient tout mangé.

Les voilà donc bien affligés[1], car plus ils marchaient, plus ils s'égaraient[2] et s'enfonçaient dans la forêt. La nuit vint, et il s'éleva un grand vent qui leur faisait des peurs épouvantables. Ils croyaient n'entendre de tous côtés que les hurlements de loups qui venaient à eux pour les manger. Ils n'osaient presque se parler ni tourner la tête. Il survint une grosse pluie qui les perça jusqu'aux os ; ils glissaient à chaque pas et tombaient dans la boue, d'où ils se relevaient tout crottés, ne sachant que faire de leurs mains.

Le petit Poucet grimpa au haut d'un arbre pour voir s'il ne découvrirait rien ; ayant tourné la tête de tous côtés, il vit une petite lueur comme d'une chandelle, mais qui était bien loin par-delà la forêt. Il descendit de l'arbre ; et lorsqu'il fut à terre, il ne vit plus rien ; cela le désola. Cependant, ayant marché quelque temps avec ses frères du côté qu'il avait vu la lumière, il la revit en sortant du bois.

1. **Affligés** : désespérés.
2. **S'égaraient** : se perdaient.

Ils se dirigèrent vers un petit chemin caché.

Ils arrivèrent enfin à la maison ou était cette chandelle[1], non sans bien des frayeurs, car souvent ils la perdaient de vue, ce qui leur arrivait toutes les fois qu'ils descendaient dans quelques fonds. Ils heurtèrent à la porte, et une bonne femme vint leur ouvrir. Elle leur demanda ce qu'ils voulaient ; le petit Poucet lui dit qu'ils étaient de pauvres enfants qui s'étaient perdus dans la forêt, et qui demandaient à coucher par charité. Cette femme, les voyant tous si jolis, se mit à pleurer, et leur dit :

« Hélas ! mes pauvres enfants, où êtes-vous venus ? Savez-vous bien que c'est ici la maison d'un ogre qui mange les petits enfants ?

– Hélas ! Madame, lui répondit le petit Poucet, qui tremblait de toute sa force aussi bien que ses frères, que ferons-nous ? Il est bien sûr que les loups de la forêt ne manqueront pas de nous manger cette nuit, si vous ne voulez pas nous retirer chez vous[2]. Et cela étant, nous aimons mieux que ce soit Monsieur qui nous mange ; peut-être qu'il aura pitié de nous, si vous voulez bien l'en prier. »

La femme de l'ogre qui crut qu'elle pourrait les cacher à son mari jusqu'au lendemain matin, les laissa entrer et les mena se chauffer auprès d'un bon feu ; car il y avait un mouton tout entier à la broche pour le souper de l'ogre.

Comme ils commençaient à se chauffer, ils entendirent heurter trois ou quatre grands coups à la porte : c'était l'ogre qui revenait. Aussitôt sa femme les fit cacher sous le lit et alla ouvrir la porte. L'ogre demanda d'abord si le souper était prêt et si on avait tiré du vin, et aussitôt se mit à table. Le mouton était encore tout sanglant, mais il ne lui en sembla que meilleur. Il flairait à droite et à gauche, disant qu'il sentait la chair fraîche.

1. **Chandelle** : bougie.
2. **Nous retirer** : nous abriter, nous héberger.

« Il faut, lui dit sa femme, que ce soit ce veau que je viens d'habiller[1] que vous sentez.

– Je sens la chair fraîche, te dis-je encore une fois, reprit l'ogre, en regardant sa femme de travers, et il y a ici quelque chose que je n'entends pas. »

En disant ces mots, il se leva de table, et alla droit au lit. « Ah, dit-il, voilà donc comme tu veux me tromper, maudite femme ! Je ne sais à quoi il tient que je ne te mange aussi ; bien t'en prend d'être une vieille bête[2]. Voilà du gibier qui me vient bien à propos pour traiter trois ogres de mes amis qui doivent me venir voir ces jours-ci●. »

Il les tira de dessous le lit l'un après l'autre. Ces pauvres enfants se mirent à genoux en lui demandant pardon ; mais ils avaient affaire au plus cruel de tous les ogres, qui bien loin d'avoir de la pitié, les dévorait déjà des yeux, et disait à sa femme que ce serait là de friands morceaux lorsqu'elle leur aurait fait une bonne sauce.

Il alla prendre un grand couteau, et en approchant de ces pauvres enfants, il l'aiguisait sur une longue pierre qu'il tenait à sa main gauche. Il en avait déjà empoigné un, lorsque sa femme lui dit :

« Que voulez-vous faire à l'heure qu'il est ? N'aurez vous pas assez de temps demain matin ?

– Tais-toi, reprit l'ogre, ils en seront plus mortifiés●.

– Mais vous avez encore là tant de viande, reprit sa femme ; voilà un veau, deux moutons et la moitié d'un cochon !

1. **Il faut que ce soit ce veau que je viens d'habiller :** ce doit être ce veau que j'ai préparé.
2. **Je ne sais à quoi il tient que je ne te mange aussi ; bien t'en prend d'être une vieille bête :** je ne sais pas ce qui me retient de te manger aussi ; tu as de la chance d'être trop vieille !

● **Cette viande tombe bien : je dois recevoir trois amis ogres.**

● **En cuisine, « mortifier » signifie « laisser la viande ramollir ».**

– Tu as raison, dit l'ogre ; donne-leur bien à souper, afin qu'ils ne maigrissent pas, et va les mener coucher. »

La bonne femme fut ravie de joie, et leur porta bien à souper, mais ils ne purent manger tant ils étaient saisie de peur. Pour l'ogre, il se remit à boire, ravi d'avoir de quoi si bien régaler ses amis. Il but une douzaine de coups plus qu'à l'ordinaire, ce qui lui donna un peu dans la tête, et l'obligea de s'aller coucher●.

L'ogre avait sept filles, qui n'étaient encore que des enfants. Ces petites ogresses avaient toutes le teint fort beau, parce qu'elles mangeaient de la chair fraîche comme leur père ; mais elles avaient de petits yeux gris et tout ronds, le nez crochu et une fort grande bouche avec de longues dents fort aiguës et fort éloignées l'une de l'autre. Elles n'étaient pas encore fort méchantes ; mais elles promettaient beaucoup, car elles mordaient déjà les petits enfants pour en sucer le sang.

On les avait fait coucher de bonne heure, et elles étaient toutes sept dans un grand lit, ayant chacune une couronne d'or sur la tête. Il y avait dans la même chambre un autre lit de la même grandeur ; ce fut dans ce lit que la femme de l'ogre mit coucher les sept petits garçons ; après quoi, elle s'alla coucher auprès de son mari.

Le petit Poucet qui avait remarqué que les filles de l'ogre avaient des couronnes d'or sur la tête, et qui craignait qu'il ne prît à l'ogre quelque remords de ne les avoir pas égorgés dès le soir même●, se leva vers le milieu de la nuit, et prenant les bonnets de ses frères et le sien, il alla tout doucement les mettre sur la tête des

● **Il but douze verres de plus que d'habitude et il en eut mal à la tête : il fut obligé de se mettre au lit.**

● **Qui avait peur que l'ogre regrette de les avoir laissés en vie pour la nuit.**

sept filles de l'ogre, après leur avoir ôté leurs couronnes d'or qu'il mit sur la tête de ses frères et sur la sienne, afin que l'ogre les prît pour ses filles, et ses filles pour les garçons qu'il voulait égorger. La chose réussit comme il l'avait pensé ; car l'ogre s'étant éveillé sur le minuit eut regret d'avoir différé au lendemain ce qu'il pouvait exécuter la veille ; il se jeta donc brusquement hors du lit, et prenant un grand couteau : « Allons voir, dit-il, comment se portent nos petits drôles, n'en faisons pas à deux fois[1]. »

Il monta donc à tâtons à la chambre de ses filles et s'approcha du lit où étaient les petits garçons, qui dormaient tous, excepté le petit Poucet, qui eut bien peur lorsqu'il sentit la main de l'ogre qui lui tâtait la tête, comme il avait tâté celle de tous ses frères. L'ogre, qui sentit les couronnes d'or : « Vraiment, dit-il, j'allais faire là un bel ouvrage ; je vois bien que je bus trop hier au soir. » Il alla ensuite au lit de ses filles, où ayant senti les petits bonnets des garçons : « Ah ! les voilà, dit-il, nos gaillards ! travaillons hardiment. » En disant ces mots, il coupa sans balancer[2] la gorge à ses sept filles. Fort content de cette expédition, il alla se recoucher auprès de sa femme.

Aussitôt que le petit Poucet entendit ronfler l'ogre, il réveilla ses frères, et leur dit de s'habiller promptement[3] et de le suivre. Ils descendirent doucement dans le jardin, et sautèrent par-dessus les murailles. Ils coururent presque toute la nuit, toujours en tremblant et sans savoir où ils allaient. L'ogre s'étant éveillé dit à sa femme : « Va-t-en là-haut habiller ces petits drôles d'hier au soir. » L'ogresse fut fort étonnée de la bonté de son mari, ne se

1. **N'en faisons pas à deux fois** : n'hésitons plus.
2. **Sans balancer** : sans hésiter.
3. **Promptement** : rapidement.

L'ogre regretta d'avoir repoussé au lendemain ce qu'il aurait pu faire le jour même.

Il y a un jeu de mots ; « habiller » a deux sens : « mettre des vêtements » et « assaisonner/préparer une viande avant de la faire cuire ».

doutant point de la manière qu'il entendait qu'elle les habillât, et croyant qu'il lui ordonnait de les aller vêtir, elle monta en haut où elle fut bien surprise lorsqu'elle aperçut ses sept filles égorgées et nageant dans leur sang.

Elle commença par s'évanouir (car c'est le premier expédient que trouvent presque toutes les femmes en pareilles rencontres●). L'ogre, craignant que sa femme ne fût trop longtemps à faire la besogne dont il l'avait chargée, monta en haut pour lui aider. Il ne fut pas moins étonné que sa femme lorsqu'il vit cet affreux spectacle. « Ah, qu'ai-je fait là ? s'écria-t-il. Ils me le payeront, les malheureux, et tout à l'heure[1]. » Il jeta aussitôt une potée d'eau dans le nez de sa femme et l'ayant fait revenir : « Donne-moi vite mes bottes de sept lieues[2], lui dit-il, afin que j'aille les attraper. » Il se mit en campagne[3], et après avoir couru bien loin de tous côtés, enfin il entra dans le chemin où marchaient ces pauvres enfants qui n'étaient plus qu'à cent pas du logis de leur père. Ils virent l'ogre qui allait de montagne en montagne, et qui traversait des rivières aussi aisément qu'il aurait fait le moindre ruisseau. Le petit Poucet, qui vit un rocher creux proche le lieu où ils étaient, y fit cacher ses six frères, et s'y fourra aussi, regardant toujours ce que l'ogre deviendrait. L'ogre, qui se trouvait fort las du long chemin qu'il avait fait inutilement (car les bottes de sept lieues fatiguent fort leur homme), voulut se reposer, et par hasard il alla s'asseoir sur la roche où les petits garçons s'étaient cachés.

Comme il n'en pouvait plus de fatigue, il s'endormit après s'être reposé quelque temps, et vint à ronfler si effroyablement

1. **Tout à l'heure** : tout de suite.
2. Sept lieues équivalent à environ vingt-huit kilomètres.
3. **Il se mit en campagne** : il se lança à leur poursuite.

● **Deuxième remarque moqueuse envers les femmes : Perrault affirme que devant un spectacle terrifiant, leur première réaction est de s'évanouir.**

que les pauvres enfants n'en eurent pas moins de peur que quand il tenait son grand couteau pour leur couper la gorge. Le petit Poucet en eut moins de peur, et dit à ses frères de s'enfuir promptement à la maison pendant que l'ogre dormait bien fort, et qu'ils ne se missent point en peine de lui[1]. Ils crurent son conseil, et gagnèrent vite la maison. Le petit Poucet s'étant approché de l'ogre lui tira doucement ses bottes, et les mit aussitôt. Les bottes étaient fort grandes et fort larges ; mais comme elles étaient fées, elles avaient le don de s'agrandir et de s'apetisser selon la jambe de celui qui les chaussait, de sorte qu'elles se trouvèrent aussi justes à ses pieds et à ses jambes que si elles avaient été faites pour lui.

Il alla droit à la maison de l'ogre où il trouva sa femme qui pleurait auprès de ses filles égorgées. « Votre mari, lui dit le petit Poucet, est en grand danger ; car il a été pris par une troupe de voleurs qui ont juré de le tuer s'il ne leur donne tout son or et tout son argent. Dans le moment qu'ils lui tenaient le poignard sur la gorge, il m'a aperçu et m'a prié de vous venir avertir de l'état où il est, et de vous dire de me donner tout ce qu'il a vaillant[2] sans en rien retenir, parce qu'autrement ils le tueront sans miséricorde[3]. Comme la chose presse beaucoup, il a voulu que je prisse ses bottes de sept lieues que voilà pour faire diligence[4], et aussi afin que vous ne croyiez pas que je sois un affronteur[5]. »

La bonne femme fort effrayée lui donna aussitôt tout ce qu'elle avait : car cet ogre ne laissait pas d'être fort bon mari, quoiqu'il mangeât les petites enfants. Le petit Poucet étant donc chargé de

1. **Qu'ils ne se missent point en peine de lui** : qu'ils ne s'inquiètent pas pour lui.
2. **Tout ce qu'il a de vaillant** : toutes ses richesses.
3. **Sans miséricorde** : sans pitié.
4. **Pour faire diligence** : pour aller plus vite.
5. **Affronteur** : menteur.

toutes les richesses de l'ogre s'en revint au logis de son père, où il fut reçu avec bien de la joie.

Il y a bien des gens qui ne demeurent pas d'accord de cette dernière circonstance, et qui prétendent que le petit Poucet n'a jamais fait ce vol à l'ogre ; qu'à la vérité, il n'avait pas fait conscience de[1] lui prendre ses bottes de sept lieues, parce qu'il ne s'en servait que pour courir après les petits enfants. Ces gens-là assurent le savoir de bonne part[2], et même pour avoir bu et mangé dans la maison du bûcheron. Ils assurent que lorsque le Petit Poucet eut chaussé les bottes de l'ogre, il s'en alla à la cour, où il savait qu'on était fort en peine[3] d'une armée qui était à deux cents lieues de là, et du succès d'une bataille qu'on avait donnée. Il alla, disent-ils, trouver le roi, et lui dit que s'il le souhaitait, il lui rapporterait des nouvelles de l'armée avant la fin du jour. Le roi lui promit une grosse somme d'argent s'il en venait à bout. Le petit Poucet rapporta des nouvelles dès le soir même, et cette première course l'ayant fait connaître, il gagnait tout ce qu'il voulait ; car le roi le payait parfaitement bien pour porter ses ordres à l'armée, et une infinité de dames lui donnaient tout ce qu'il voulait pour avoir des nouvelles de leurs amants, et ce fut là son plus grand gain.

Il se trouvait quelques femmes qui le chargeaient de lettres pour leurs maris, mais elles le payaient si mal, et cela allait à si peu de chose, qu'il ne daignait mettre en ligne de compte ce qu'il gagnait de ce côté-là●.

1. **Il n'avait pas fait conscience de** : il n'avait pas hésité une seconde à.
2. **Le savoir de bonne part** : le savoir par quelqu'un de bien renseigné.
3. **On était fort en peine** : on s'inquiétait.

● **Encore une remarque insultante pour les femmes : le petit Poucet gagne plus d'argent en portant les lettres qu'elles écrivent à leurs amants que celles qu'elles envoient à leurs maris. Perrault accuse les femmes d'être particulièrement infidèles.**

Après avoir fait pendant quelque temps le métier de courrier, et y avoir amassé beaucoup de bien, il revint chez son père, où il n'était pas possible d'imaginer la joie qu'on eu de le revoir. Il mit toute sa famille à son aise. Il acheta des offices de nouvelle création pour son père et pour ses frères ; et par là il les établit tous, et fit parfaitement bien sa cour en même temps.

MORALITÉ

On ne s'afflige point d'avoir beaucoup d'enfants,
Quand ils sont tous beaux, bien faits et bien grands,
Et d'un extérieur qui brille ;
Mais si l'un deux est faible ou ne dit mot,
On le méprise, on le raille, on le pille ;
Quelquefois cependant c'est ce petit marmot[1]
Qui fera le bonheur de toute la famille.

Illustration de Maurice Berty (1884-1946) pour Le Petit Poucet *(1930).*

1. **Marmot** : enfant.

Il donna beaucoup d'argent à sa famille.

Il donna de l'argent et de bons métiers à toute sa famille.

Gravure d'Adrien Marie pour *Cendrillon* (1884).

Contes

Perrault, un conteur bien inspiré

REPÈRES

PARCOURS DE L'ŒUVRE

TEXTES ET IMAGE

Le conte : un récit aux règles fixes

Tous les contes ont un air de famille : ils se ressemblent souvent. On y trouve des éléments caractéristiques.

● LA PRÉSENCE DU MERVEILLEUX*

En lisant un conte, le lecteur doit renoncer aux lois physiques qui gouvernent le monde réel ; il accepte de pénétrer dans un univers merveilleux peuplé de fées, d'ogres, d'animaux doués de parole et d'objets enchantés* : baguette magique, clé fée, bottes de sept lieues...

● LA SITUATION INITIALE*

Le conte commence souvent par la formule* rituelle : « Il était une fois... », qui nous plonge dans cet univers enchanté. Le conteur plante le décor : l'histoire se déroule dans un passé lointain et dans des lieux qu'on ne peut pas situer. Le cadre spatio-temporel* est toujours vague.

● UN CASTING DE PERSONNAGES TYPES*

Les personnages sont simplifiés et peu décrits. D'ailleurs, la distribution des rôles est souvent identique d'un conte à l'autre : la fée, le prince, l'ogre, la bonne souillon, la marâtre*... Ces personnages sont réduits à un surnom lié à leur physique (Poucet, Barbe bleue) ou à un trait de caractère unique (la bonté de Cendrillon, la cruauté du loup). On trouve toujours un héros soutenu par des adjuvants* et contrarié par des opposants*.

● UN SCÉNARIO COMMUN... ET QUELQUES VARIATIONS

Un conte se concentre sur le destin d'un personnage confronté à de grands malheurs. Ainsi, dans le conte d'avertissement*, le héros désobéit à une interdiction et doit en subir les terribles conséquences. Dans le conte initia-

tique*, il est méprisé par les siens mais réussit à surmonter des épreuves* (des parents indignes, des ogres qui veulent le dévorer…) grâce à des ruses, comme Poucet avec ses cailloux. Ce parcours difficile révèle ses qualités héroïques : à la fin, il a mûri et il est devenu adulte.

● UN RENVERSEMENT FINAL DE SITUATION

Au début du récit, le héros va mal. À l'inverse, dans la situation finale*, il est généralement heureux et ses ennemis sont vaincus. Comme l'explique Perrault, « la vertu y est récompensée et […] le vice y est puni ».

● UNE MORALITÉ*

Les contes de Perrault cherchent à la fois à amuser le lecteur et à lui enseigner quelques principes de vie. Ces récits finissent tous par une petite leçon de sagesse en vers*, qui explique la morale de l'histoire. Elle s'adresse plus aux adultes qu'aux enfants.

Le rôle des répétitions

La structure du conte est répétitive : les mêmes péripéties se jouent plusieurs fois, comme la scène des dons dans* Les Fées, *et des formules faciles à retenir reviennent comme un refrain (« Tire la bobinette et la chevillette cherra »). Ces répétitions aidaient les conteurs à mémoriser les histoires à l'époque où elles étaient transmises oralement.*

Gravure d'Adrien Marie pour Cendrillon *(1884).*

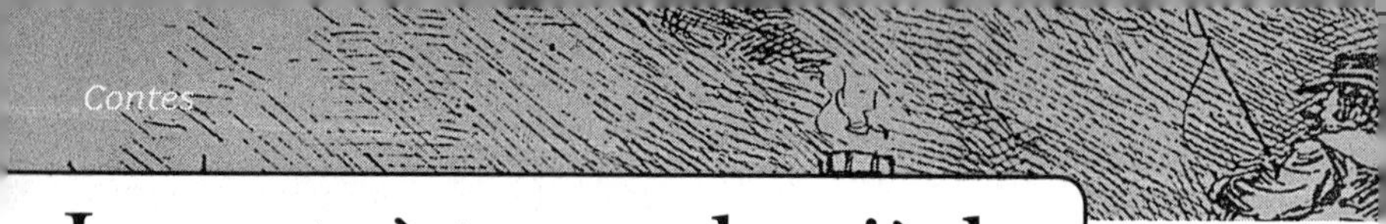

Le conte à travers les siècles

Même si les contes ont pour décor un univers enchanté, ils parlent de la « vraie vie », d'une réalité violente, des frayeurs des hommes et de leur courage. Ainsi ces récits universels*, qui traversent les siècles et les continents, touchent-ils tous les peuples à toutes les époques.
Les Contes de ma mère l'Oye *en sont un bel exemple : venues en réalité du fond des âges, rendues célèbres par Perrault, leurs intrigues* sont encore utilisées par les auteurs d'aujourd'hui.*

• DES ORIGINES ORALES ET POPULAIRES

Au départ, les contes étaient de simples histoires que les grands-mères et les nourrices racontaient aux enfants pendant les veillées d'hiver. Ils se transmettaient de génération en génération. Les écrivains n'aimaient pas ce genre oral qu'ils jugeaient trop populaire.

• UN GENRE À LA MODE

En 1697, Perrault met pour la première fois à l'écrit ces récits rejetés jusque-là, sous le titre de *Contes de ma mère l'Oye*.
Il obtient un grand succès et lance la mode du conte, qui devient alors un genre de livre apprécié, comme le montre la popularité des *Contes des Mille et Une Nuits* traduits peu après. Ce succès se confirme au XIXe siècle avec les frères Grimm : ils imitent Perrault en rassemblant dans leurs livres des récits traditionnels allemands. À la même époque, Andersen publie quant à lui des contes qu'il a inventés.

Un puissant sultan veut assassiner Shéhérazade, la fille du grand vizir. Nuit après nuit, pour éviter la mort, l'habile jeune femme charme le roi par de merveilleux récits peuplés de génies et de princesses. Le sultan, fasciné par ses histoires, lui laisse alors la vie sauve…

● DES RÉCITS UNIVERSELS*...

Si les hommes ont de tout temps écouté et lu des contes, c'est tout simplement parce que ces récits les ont toujours rassurés. Chez Perrault, par exemple, les tueurs en série et les ogres cannibales sont plus que de simples personnages : ce sont des figures du Mal éternel. En montrant la victoire du petit Poucet sur l'ogre ou la défaite finale de Barbe bleue, le conteur nous parle en réalité de notre capacité à vaincre nos peurs les plus profondes. Comme le héros, nous pouvons l'emporter sur le Mal et surmonter nos angoisses ! Ce message d'espoir ne perdra jamais rien de sa force...

● ... QUI N'EN ONT PAS FINI D'ÊTRE RACONTÉS !

On comprend mieux pourquoi il existe des dizaines de versions d'un même conte à travers le monde : un *Petit Chaperon rouge* chinois, un *Petit Poucet* sénégalais, une version tchèque des *Fées*, etc. Comme le cadre spatio-temporel* est flou, l'intrigue* peut se passer n'importe où et à n'importe quelle époque. D'ailleurs, beaucoup d'auteurs (Gripari, Rivais...) publient des versions modernisées des contes de Perrault. À travers ces réécritures* parodiques* souvent drôles, ils redonnent vie à un genre pourtant vieux de plusieurs siècles.

Les frères Grimm

Au XIXe siècle, les frères Jacob et Wilhelm Grimm ont voyagé à travers l'Allemagne pour recueillir les histoires que racontaient les grands-mères à la veillée, puis, comme Perrault, ils les ont publiées. Vous en connaissez sûrement quelques unes : Blanche-Neige, Le Vaillant Petit Tailleur *ou* Raiponce.

Jacob et Wilhelm Grimm, lithographie de Franz Hanfstängl (1835).

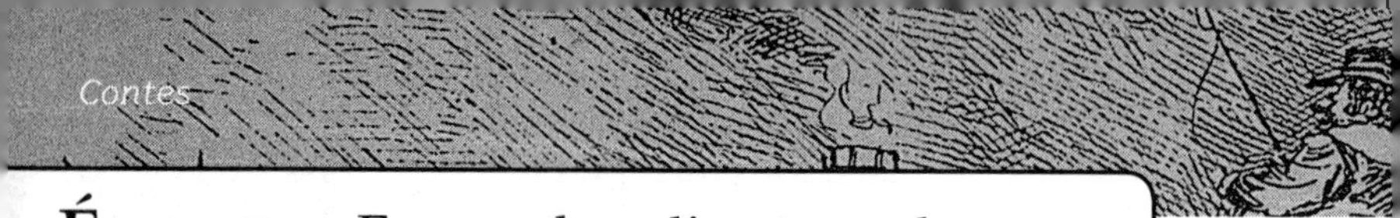

Étape I • Entrer dans l'univers du conte

SUPPORT : *Le Petit Chaperon rouge* (page 12)

OBJECTIF : Identifier les grandes caractéristiques du conte.

As-tu bien lu ?

1 Pourquoi la mère du petit chaperon rouge envoie-t-elle sa fille chez sa grand-mère ?
- ☐ parce que la grand-mère est malade
- ☐ pour lui apporter un petit pot de beurre et des galettes
- ☐ pour aller chercher un petit pot de beurre et des galettes

2 Pourquoi le loup ne dévore-t-il pas la petite fille immédiatement ?

3 Pourquoi la fillette met-elle plus de temps que le loup à arriver chez sa grand-mère ?

4 Où la grand-mère habite-t-elle ?
- ☐ dans un autre village
- ☐ au-delà du moulin
- ☐ au fond de la forêt

Une situation initiale* caractéristique

5 Par quelle formule* le conte commence-t-il ?

6 Quels sont les deux lieux où se déroule l'action ? Peux-tu les situer sur une carte du monde ?

7 Peux-tu trouver des expressions qui indiquent précisément quand se passe l'action ?

Des personnages simplifiés

8 Comment s'appelle l'héroïne ? Est-ce son vrai nom ? Pourquoi l'appelle-t-on ainsi ?

9 Trouve la phrase qui montre que la fillette ne se méfie pas du loup.

10 Choisis quatre mots pour parler du caractère du petit chaperon rouge et explique ton choix.
Futée – intelligente – ignorante – débrouillarde – dégourdie – inconsciente – égoïste – malade – naïve – maligne – cruelle – méchante – insouciante.

11 Le loup : qu'est-ce qui te surprend chez cet animal ? Pourquoi peut-on dire qu'il est rusé ?
Quel est son plus gros défaut : est-il cruel ? malin ? orgueilleux ? stupide ?

12 Complète le tableau d'un « oui » si on connaît l'information et d'un « non » si on l'ignore.
As-tu des informations précises sur les personnages ? Que sait-on vraiment d'eux ?

	La fillette	**Le loup**	....	....
Nom/Prénom				
Âge				
Description physique				
Caractère/Défaut				

Un conte pour apprendre

13 Pourquoi peut-on dire que la fin du conte est tragique ? (Cherche la définition du mot « tragique ».)

14 Comment s'appelle la dernière partie du conte ? Quelle grande différence observes-tu au premier coup d'œil entre cette partie et le reste du texte ?

15 Quelle leçon de morale Perrault veut-il donner à travers ce conte ?
À qui s'adresse-t-elle ?

Fais le bilan

16 En quelques lignes, explique les trois grandes caractéristiques du conte : tu parleras de la situation initiale* (premier paragraphe), des personnages (deuxième paragraphe) et de la leçon donnée par le conteur (troisième paragraphe).

À toi de jouer

17 **Écrire :** Rédige en une dizaine de lignes un début de conte, en ajoutant des précisions de ton invention et en respectant les caractéristiques d'une situation initiale.

Étape 2 • Découvrir un conte d'avertissement

SUPPORT : *La Barbe bleue* (page 16)

OBJECTIF : Étudier les caractéristiques du conte d'avertissement*.

As-tu bien lu ?

1 Pourquoi Barbe bleue est-il si effrayant au début du conte ?

2 Pourquoi la jeune fille se décide-t-elle à épouser Barbe bleue ?
- ☐ elle est séduite par ses richesses et par les amusements qu'il lui propose
- ☐ elle est forcée à ce mariage par sa mère
- ☐ ses amies l'encouragent à épouser Barbe bleue

3 Qu'est-ce que Barbe bleue interdit de faire à sa femme avant de partir ?

4 Que découvre sa femme dans le cabinet ?
- ☐ ses frères égorgés et baignant dans leur sang
- ☐ les cadavres des anciennes femmes de Barbe bleue
- ☐ les cadavres d'animaux tués par son mari pendant ses parties de chasse

La structure du conte

5 Avant de partir, Barbe bleue menace sa femme : relève les paroles qu'il prononce.

6 Remets dans l'ordre les étapes du récit de la désobéissance de l'héroïne. Puis associe à chacune d'elles les sentiments qu'éprouve la jeune femme.

Étapes	Ordre dans le récit	Sentiments	Associés à l'étape...
– Escalier dérobé	....	– Appréhension	....
– Dans le cabinet	....	– Hésitation et scrupules	....
– Visite des amies	....	– Culpabilité et honte	....
– Ouverture de la porte	....	– Effroi	....
– Pause devant la porte	....	– Impatience et curiosité	....

7 Quelles expressions montrent que la femme de Barbe bleue fait tous les efforts possibles pour lutter contre l'enchantement de la clé ?

8 Barbe bleue devine tout : quelle punition veut-il faire subir à sa femme ? Pourquoi ?

Le dénouement (l. 105 à 165)

9 Quelle ruse la femme de Barbe bleue utilise-t-elle pour échapper à la mort ?

10 Quelle scène se répète ici ? Combien de fois ?

11 Quels personnages aident la femme de Barbe bleue ? Comment ?

Style et langue

12 Trouve quatre énumérations au début du conte. Quelle information Perrault veut-il donner sur Barbe bleue avec ces énumérations ?

Fais le bilan

13 Complète le texte à l'aide des mots qui te sont proposés.
Transgresse – avertissement* – menacé – tentation – conséquences – curiosité – interdiction – châtiment – défend – désobéissance – adjuvants*.
Un conte d'avertissement se déroule toujours en trois étapes. Tout commence par un ...... donné au héros : il est ...... d'un cruel ...... s'il désobéit, sans tenir compte de cette ...... On lui ......, par exemple, de pénétrer dans un lieu, d'ouvrir une boîte ou de franchir une porte. Hélas, le héros cède à la ...... et ...... l'interdit, comme la femme de Barbe bleue qui, poussée par sa ......, ne résiste pas à l'envie d'ouvrir le cabinet. Le héros doit alors subir les terribles ...... de sa ...... : il risque la mort. Mais, très souvent, des ...... arrivent au bon moment pour le sauver.

À toi de jouer

14 **Rechercher :** Au CDI ou sur Internet, recherche l'histoire de Psyché et Éros/Cupidon, puis celle de Pandore. En quoi se rapprochent-elles de l'histoire de Barbe bleue ?

15 **Écrire :** Rédige un texte dans lequel tu noteras les ressemblances entre *Le Petit Chaperon Rouge* et *La Barbe bleue*. Tu compareras, par exemple, les personnages du loup et de Barbe bleue, les dialogues à la fin de chaque conte et les moralités*.

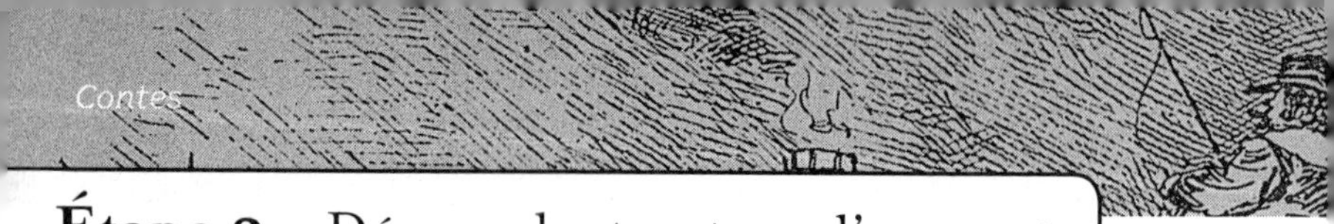

Étape 3 • Dégager la structure d'un conte

SUPPORT : *Le Maître Chat ou le Chat botté* (page 24)

OBJECTIF : Étudier les péripéties* et la situation finale* d'un conte.

As-tu bien lu ?

1 Pourquoi le plus jeune fils du meunier est-il désespéré à la mort de son père ?
- ☐ il est jaloux de ses frères
- ☐ il a peur de mourir de faim
- ☐ il n'a reçu qu'un chat en héritage

2 Pourquoi le chat offre-t-il son aide à son maître ?

3 Quel surnom le chat donne-t-il à son maître ?

4 Qui est le seigneur du château dans lequel arrive le chat ?
- ☐ un ogre qui festoie autour d'un bon repas avec ses amis
- ☐ un ogre qui a le don de se transformer en toute sorte d'animaux
- ☐ un ogre qui possède des bottes magiques

La stratégie du chat : « industrie et savoir-faire »

5 Combien de fois le chat rend-il visite au roi ? Quels cadeaux successifs lui apporte-t-il ?

6 Le chat dit à son maître de se jeter à l'eau. Que cherche-t-il à faire ?
- ☐ attirer l'attention du roi
- ☐ se débarrasser de son maître
- ☐ présenter son maître au roi
- ☐ voir comment son maître se sort de cette épreuve
- ☐ arranger une rencontre avec la princesse

7 La même scène se répète deux fois dans le conte avec quelques différences. Reproduis et complète le tableau suivant :

	Première scène : « Le chat… prit les devants… » (l. 73-82)	**Deuxième scène : « Le maître chat, qui allait toujours devant… » (l. 86-93)**
Personnages rencontrés par le chat		

Paroles prononcées par le chat		
Réaction du roi		
Réponse des personnages rencontrés		

8 Comment le chat force-t-il les gens qu'il rencontre à lui obéir ? Que doivent-ils faire ?

9 Quel opposant* le chat doit-il affronter en dernier pour que son plan réussisse ?

Le but poursuivi par le chat

10 Relie chaque épisode du conte au but poursuivi par le chat.

Les cadeaux au roi •	• pour créer l'illusion de la richesse de son maître
La noyade •	• pour faire de son maître un grand seigneur
Les moissonneurs et les faucheux •	• pour présenter son maître au roi et à sa fille
L'ogre •	• pour donner à son maître une bonne réputation

Fais le bilan

11 En quelques lignes, explique que le conte fonctionne grâce à des répétitions.

12 Quelle est la situation du chat et du maître au début et à la fin ? Que remarques-tu ?

	Le chat	**Le maître**
Situation initiale*		
Situation finale*		

À toi de jouer

13 **Débattre** : Que penses-tu des méthodes utilisées par le chat ? Trouves-tu normal que tout se termine bien pour lui ?

Étape 4 • Caractériser les personnages de contes

SUPPORT : *Les Fées* (page 31) et *Cendrillon ou la Petite Pantoufle de verre* (page 35)
OBJECTIF : Étudier les personnages types* des contes.

As-tu bien lu ?

1 Où les deux sœurs des *Fées* font-elles une rencontre étonnante ?

2 Quel est le sort de chacune des sœurs à la fin des *Fées* ?

3 Au début du conte, pourquoi Cendrillon ne peut-elle pas aller au bal ?
☐ ses sœurs le lui interdisent
☐ elle n'est pas invitée
☐ elle n'a pas de robe

4 Quelle recommandation la marraine de Cendrillon lui fait-elle avant de l'envoyer au bal ?

5 À la fin du conte, comment Cendrillon se comporte-t-elle avec ses sœurs ?
☐ elle se venge de leur méchanceté en les chassant du royaume
☐ elle leur pardonne mais leur demande de vivre loin d'elle
☐ elle leur pardonne, les loge au château et organise leur mariage

Des familles décomposées

6 Quels traits physique et moral Cendrillon et la cadette des *Fées* ont-elles en commun ?

7 En t'aidant du début de *Cendrillon*, place dans un schéma les membres de la famille de l'héroïne. Écris en bleu les noms des bons personnages et en rouge ceux des méchants.

8 Mis à part leur lien de parenté, qu'est-ce qui rapproche les mères de leurs filles dans les deux contes ? Cite le texte dans ta réponse.

9 Que nous apprend le surnom de Cendrillon sur la situation de l'héroïne au début du conte ? Quel personnage des *Fées* partage le même sort ?

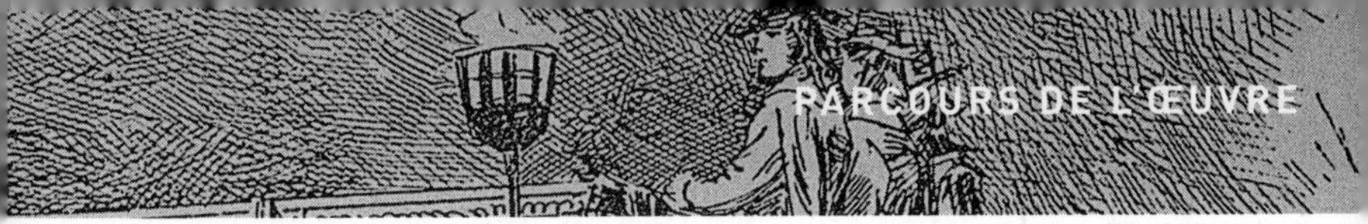

10 Relie les personnages des deux contes au type qui les caractérise le mieux.

La bonne souillon •	• Fanchon/Javotte
La marâtre •	• le père
La méchante sœur •	• la mère/la belle-mère
Le grand absent •	• la cadette
Le souffre-douleur •	• Cendrillon

Étudier la langue

11 Quand il décrit ses personnages, Perrault utilise :
– des superlatifs (*très* grand, *le plus* intelligent). Relèves-en trois au début de *Cendrillon*.
– des intensifs (*si* vieux *que*...) Relèves-en deux au début des *Fées*.
À ton avis, pourquoi Perrault utilise-t-il ces expressions ?

Des adjuvants* types

12 Dans les deux récits, pourquoi les pères ne protègent-ils pas leur fille ? Quels autres personnages jouent alors ce rôle de protecteurs ?

Fais le bilan

13 Complète ce texte à l'aide des mots suivants.
Marraine – prince – marâtre – bonne – fée – types – jalouses – mariage – patiente – beauté – maltraite – orpheline – sœurs.
Les personnages des contes se ressemblent souvent ; ce sont des personnages ...... L'héroïne est une jeune fille ...... de père ou de mère, caractérisée par sa ......, élevée par une ...... qui la ......, persécutée par des ...... méchantes et ...... Elle reste malgré tout ...... et ...... Une bonne ......, souvent sa ......, s'occupe d'elle et l'aide à se sortir de cette misérable situation. Un ......, séduit par ses belles qualités, tombe amoureux d'elle et tout s'achève par un ...... heureux.

À toi de jouer

14 **Rechercher :** Lis *La Belle au Bois dormant* de Perrault. Fais la liste des personnages et compare-les avec ceux de *Cendrillon* et des *Fées*. Quels rôles retrouves-tu ?

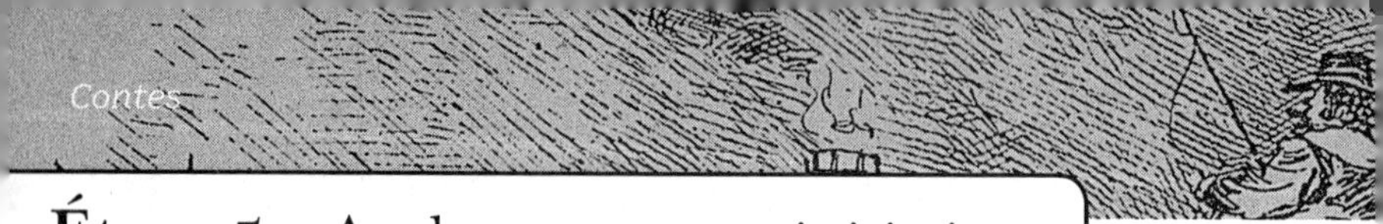

Étape 5 • Analyser un conte initiatique

SUPPORT : *Le Petit Poucet* (page 45)

OBJECTIF : Étudier les caractéristiques du conte initiatique*.

As-tu bien lu ?

1 Comment le petit Poucet découvre-t-il le plan de ses parents ?

2 À quoi l'ogre repère-t-il la présence de Poucet et de ses frères ?
- ☐ il aperçoit les bonnets des enfants qui dépassent de sous le lit
- ☐ il hume l'air et sent la chair fraîche
- ☐ il entend les murmures étouffés des enfants cachés sous la table

3 Quelles sont les qualités magiques des bottes de l'ogre ?

4 L'ogresse donne au petit Poucet toutes les richesses de son mari, car :
- ☐ Poucet la menace de tuer les sept petites ogresses
- ☐ elle a pitié des enfants qui ont frappé à sa porte
- ☐ Poucet prétend que son mari a été enlevé par des voleurs qui réclament une rançon

5 Quel métier le petit Poucet exerce-t-il à la fin du conte pour gagner sa vie ?

L'itinéraire d'un pauvre enfant qui devient un héros

6 En quoi, dès sa naissance, le petit Poucet est-il différent de ses frères ? Donne deux raisons.

7 Le petit Poucet est-il heureux au début du conte ? Pourquoi ?

8 Quel événement déclenche les aventures du petit Poucet ?

9 Indique, dans l'ordre, les obstacles que Poucet affronte et comment il les surmonte.

	Épreuves	Solutions
1		
2		
3		
4		
5		

10 Rassemble les adjectifs qualificatifs ci-dessous en trois groupes pour trouver les trois qualités principales de Poucet.
Volontaire – futé – vaillant – intrépide – astucieux – brave – inventif – persévérant – résolu.

Point de langue

11 Pour montrer que l'ogre est carnivore, Perrault utilise le champ lexical de la viande des lignes 154 à 198. Relèves-en cinq éléments.

12 Dans ce même extrait, Perrault insiste sur l'appétit de l'ogre. Trouve six verbes et trois groupes nominaux en rapport avec le thème de la nourriture.

Fais le bilan

13 Écris une synthèse sur le conte initiatique en complétant ces débuts de paragraphe :
– Au début d'un conte initiatique, le personnage principal...
– Mais un jour,...
– À la fin du conte, le personnage principal...
Tu emploieras les mots suivants, qui te sont donnés dans le désordre.
Courage – malheureux – souffre-douleur – mûrir – épreuves* – peur – heureux – surmonter – se révéler – maltraité – qualités héroïques.

À toi de jouer

14 **Rechercher :** Lis *Hansel et Gretel* des frères Grimm. Quels points communs trouves-tu entre ce conte et celui du *Petit Poucet* ?

15 **Débattre :** Comprends-tu l'attitude des parents de Poucet ? De façon générale, que penses-tu des parents dans les contes de Perrault ?

Étape 6 • Étudier l'aspect inquiétant des contes

SUPPORT : *La Barbe bleue* (page 16) et *Le Petit Poucet* (page 45)

OBJECTIF : Étudier les personnages et les décors angoissants des contes.

Des lieux angoissants

1 Complète le tableau suivant avec les éléments que découvre la femme de Barbe bleue à l'intérieur du cabinet interdit, en les notant dans l'ordre où elle les voit (l. 66 à 71).

« D'abord »	
« Après quelques moments »	
«… et que… »	

2 En racontant cette horrible découverte de façon si progressive, quel est le but de Perrault ?

3 Quelle atmosphère règne dans la forêt du *Petit Poucet* (l. 114 à 122) ? Quels éléments du décor créent cette ambiance ?

4 Quels sentiments envahissent les enfants dans la forêt ?
- ☐ le soulagement
- ☐ la panique
- ☐ la solitude
- ☐ la mélancolie
- ☐ l'épouvante

5 La forêt est présentée comme un lieu terrifiant qui cherche à retenir les enfants prisonniers. Relie chaque expression du texte à l'image qu'elle donne de la forêt (l. 114-133).

« Plus ils marchaient, plus ils s'égaraient et s'enfonçaient dans la forêt » •	• un piège englué
« Ils glissaient et tombaient dans la boue » •	• un gouffre
« Ils descendaient dans quelques fonds » •	• un labyrinthe

6 À quel espoir les enfants s'accrochent-ils ? Relève le champ lexical de la vue (l. 122-133), puis montre que cet espoir est fragile.

Des personnages sanguinaires

7 Quels éléments (accessoires, paroles, actions) font de Barbe bleue et de l'ogre des personnages effrayants ?

8 Quel sort est réservé à ces deux monstres ? À l'inverse, que deviennent leurs victimes ?

Point de langue

9 Dans le portrait inquiétant des ogresses (l. 192 à 198), relève onze adjectifs qualificatifs, ainsi que les noms avec lesquels ils s'accordent.

10 Accorde les adjectifs qualificatifs dans le texte suivant.
Ce petit... garçon avait la mine fort joli... : il avait de grand.... yeux rieur... et clair..., de bon.... joues rose..., une bouche charnu... et de fort court.... cheveux blond.... aux boucles indiscipliné.... Il était fort poli... et il promettait beaucoup.

Fais le bilan

11 Complète le texte ci-dessous à l'aide des mots suivants.
Victoire – sanguinaires – surmonter – Mal – enfants – rassurante – cauchemardesque – angoissants.
Les contes, dit-on, s'adressent aux . . . . Pourtant, ces récits les plongent parfois dans un univers . . . . . . où les lieux . . . . . . et les personnages . . . . . . incarnent le . . . . . . absolu. En remportant la . . . . . . sur ces symboles maléfiques, le héros montre aux enfants qu'ils peuvent eux aussi . . . . . . les épreuves difficiles dans la « vraie vie ». Au fond, la leçon des contes est . . . . . . pour les petits.

À toi de jouer

12 **Écrire :** Décris, à l'imparfait de l'indicatif, l'effrayante maison de l'ogre du *Petit Poucet* vue de l'extérieur (aide-toi des mots donnés par ton professeur). Commence ainsi : *Poucet et ses frères arrivèrent enfin devant la maison d'où venait la lumière qui les avait guidés à travers la forêt. Et voici ce qu'ils découvrirent...*

Étape 7 • Repérer la présence du merveilleux dans les contes

SUPPORT : Étude transversale des contes.

OBJECTIF : Étudier les manifestations du merveilleux* dans les contes de fées.

Les objets enchantés

1 Choisis un objet enchanté pour chaque conte et explique son pouvoir dans ce tableau.

	Objet enchanté	**Son ou ses pouvoirs**
La Barbe bleue		
Le Petit Poucet		
Cendrillon		

2 Quelle expression Perrault utilise-t-il pour désigner les objets enchantés de *La Barbe bleue* et du *Petit Poucet* ? Cite le texte.

Les personnages merveilleux

3 Quelle particularité merveilleuse ont en commun le loup du *Petit Chaperon rouge* et le chat botté ?

4 Quel est le double visage de l'enchanteresse dans les *Fées* ? Pourquoi change-t-elle d'apparence ?

5 Dans les *Fées*, comment la fée récompense-t-elle la cadette et punit-elle l'aînée ?

6 Les métamorphoses sont un élément important de la magie des contes. Par exemple, la marraine de Cendrillon transforme des objets et des animaux en un splendide équipage. Relie chaque élément de cet équipage (à droite) à son objet d'origine (à gauche) :

un rat	•	•	un carrosse
des lézards	•	•	un cocher
des haillons	•	•	des habits d'or et d'argent
des souris	•	•	des laquais
une citrouille	•	•	des chevaux

7 À minuit, tout cet équipage retrouve sa forme d'origine… mais pas la pantoufle de verre. Pourquoi ?

8 J'ai le pouvoir de me transformer en lion, en éléphant ou en souris. Qui suis-je ? Dans quel conte me trouves-tu ?

9 Quels autres personnages merveilleux peut-on rencontrer dans les contes ? Fais appel à tes souvenirs et à tes lectures pour répondre.

Fais le bilan

10 En une phrase, dis ce qu'est le merveilleux dans les contes.

11 Classe dans ce tableau les formes du merveilleux que tu as rencontrées dans les contes de Perrault.

Dons	Animaux	Objets magiques	Personnages	Métamorphoses

À toi de jouer

12 **Rechercher :** Ovide est un auteur de l'Antiquité, connu pour ses *Métamorphoses*. Au CDI, dans ton manuel ou sur Internet, choisis deux récits de transformations et deux images pour les illustrer. Sur un panneau, tu feras un résumé de chaque histoire, que tu accompagneras de son illustration.

13 **Écrire :** Tu es le conservateur du Petit Musée des Objets Fées (PMOF). Deux nouveaux objets viennent compléter ta collection. Avant de les mettre en vitrine, rédige ainsi leur fiche de présentation :
- titre (intitulé original et poétique de l'objet fée*) ;
- dessin ou schéma ;
- description et fonction (à quoi sert-il ?) ;
- origine et histoire (d'où vient-il ? qui l'a créé ? qui s'en est servi ?…) ;
- mode d'emploi (si tu le veux).

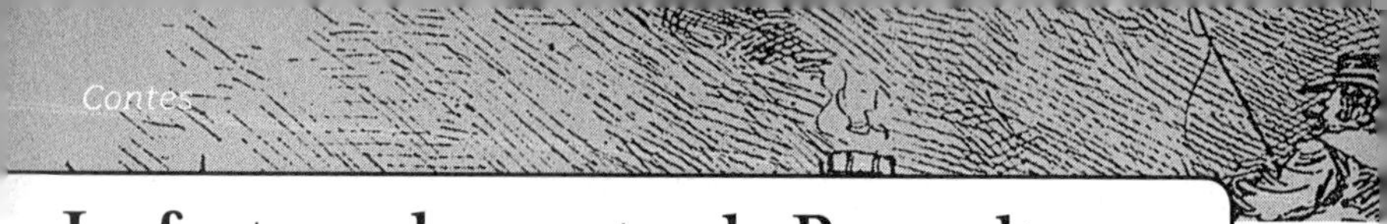

La fortune des contes de Perrault : groupement de documents

OBJECTIF : Étudier des réécritures et des parodies des contes de Perrault.

DOCUMENT 1 *Publicité pour les galettes de Pleyben.*

Cette publicité pour des galettes bretonnes s'inspire évidemment du célèbre conte de Perrault. Elle en reprend les personnages... mais change un peu l'histoire.

Publicité pour les Galettes de Pleyben illustrée par Guerrier, 1984.

DOCUMENT 2 *Les Saisons et les Mois* (CONTE ANONYME).

Voici le tout début d'un conte venu d'Europe de l'est. Cela ne vous rappelle rien ?...

Restée veuve avec deux filles, une paysanne vivait dans les environs de Prague: L'aînée se nommait Dobromila ; la seconde s'appelait Dorota. Cette paysanne adorait sa plus jeune fille, mais elle avait Dobromila en horreur, peut-être parce que celle-ci était aussi belle que sa sœur était laide. Ainsi sont parfois les mères.

La bonne Dobromila ignorait qu'elle était jolie et ne pouvait pas s'expliquer pourquoi sa mère se mettait en colère lorsqu'elle la voyait. C'était la pauvre Dobromila qui faisait tout dans la maison : balayer, cuisiner, laver, coudre, filer, tisser, tondre l'herbe, soigner la vache. Dorota, par contre, vivait comme une princesse et ne faisait jamais rien.

Dobromila travaillait toujours avec courage et recevait les reproches et les coups sans protester.
« Les voilà grandes toutes les deux, pensait la paysanne ; les prétendants viendront bientôt ; ils refuseront ma fille cadette, quand ils verront cette méchante Dobromila, qui fait exprès d'embellir chaque jour un peu plus pour me contrarier. Il faut que je m'en débarrasse à n'importe quel prix. »

In Philippe Soupault, *Histoires merveilleuses des cinq continents,* © Seghers.

DOCUMENT 3 PIERRE GRIPARI, *La Fée du robinet.*

Nous sommes à Paris, de nos jours. Au beau milieu de la nuit, Martine, l'aînée de deux sœurs, fait une curieuse rencontre.

L'aînée des filles, qui était gourmande et mal élevée, se leva, sur le coup de deux heures du matin, pour aller voler dans le frigidaire. Elle prit une cuisse de poulet, [...] mangea une mandarine, trempa son doigt dans un pot de confiture [...]. Elle sortit un verre du buffet, alla au robinet, l'ouvrit... mais voilà qu'au lieu d'eau, il s'échappa du robinet une toute petite bonne femme en robe mauve, avec des ailes de libellule, qui tenait à la main une baguette surmontée d'une étoile d'or. La fée [...] se posa sur le bord de l'évier et parla d'une voix musicale :
– Bonjour, Martine. [...]
– Bonjour, Madame, répondit Martine.
– Veux-tu être gentille, Martine ? demanda la bonne fée. Donne-moi un peu de confiture.
Martine était, comme je l'ai dit, gourmande et mal élevée. Cependant, quand elle vit que la fée était bien habillée, avec des ailes de libellule et une baguette magique, elle se dit :
– Attention ! Cette dame est une belle dame, et j'ai tout intérêt à être bien avec !
Aussi répondit-elle avec un sourire hypocrite :
– Mais certainement, Madame ! Tout de suite, Madame ! [...]
– Merci, Martine. En récompense de ta gentillesse, je vais te faire un don : à chaque mot que tu diras, il te sortira de la bouche une perle.

In *Contes de la rue Broca*, éd. de la Table Ronde, 1967.

As-tu bien lu ?

1 Comment s'appellent les deux sœurs dans *Les Saisons et les Mois* ?
☐ Mirobola et Mafalda
☐ Dobromila et Martina ☐ Dobromila et Dorota

2 Dans *La Fée du robinet*, que demande la fée à Martine ?
☐ une cuisse de poulet ☐ une perle
☐ un verre d'eau ☐ de la confiture

3 Dans le document 3, quel don la fée accorde-t-elle à Martine en récompense de sa « gentillesse » ?

Perrault à toutes les sauces !

4 Quel est le conte de Perrault que ces deux extraits reprennent chacun à sa façon ?

5 Compare dans ce tableau la situation initiale du conte de Perrault et le document 2.

Trois points communs	Trois différences

6 Relève quatre éléments dans le document 3 qui montrent que Martine n'est pas une fille gentille.

7 Pourquoi la cadette de Perrault et la méchante Martine sont-elles gentilles avec la fée ?

8 Dans le document 3, quels éléments montrent que l'action se passe de nos jours ?

9 Caractérise chacune des deux fées en les reliant aux propositions de droite :

La fée de Perrault •

La fée du robinet •

- se fait tromper par une enfant hypocrite et rusée
- fait un don qui produit l'effet opposé à celui attendu
- perce avec intelligence les secrets du cœur humain
- récompense les bons et punit les méchants
- utilise mal ses pouvoirs
- est présentée sous un mauvais jour

10 Complète le texte avec les mots suivants.
Se moque – ridiculisant – *Les Fées* – prénoms – notre époque – exotique – parodique – inversant – modernisée – pays.
Le document 2 reprend . . . . de Perrault en transposant l'histoire dans un autre . . . . et en changeant les . . . . des personnages : c'est un conte . . . . Le document 3 est une adaptation . . . . du même conte : il a pour cadre . . . . Il . . . . aussi de l'intrigue de son modèle en . . . . les rôles et en . . . . le personnage traditionnel de la fée : c'est une réécriture . . . .

Lire l'image

11 Décris le petit chaperon rouge de la publicité (physique, attitude) et montre qu'il ressemble à celui de Perrault.

12 Quels indices te permettent de dire que le loup se réjouit ?

13 Qui est la victime du loup chez Perrault ? et dans la publicité ?

14 En t'aidant de ta réponse à la question 13, explique pourquoi le slogan affirme que les galettes sont « pleines de séduction ».

15 Coche parmi ces propositions celles qui te semblent exactes :
- ☐ le chaperon rouge se méfie du loup
- ☐ le conte est transformé : la fillette n'est plus en danger
- ☐ le loup de Perrault est changé : il semble inoffensif
- ☐ le loup s'apprête à dévorer la petite fille
- ☐ la publicité élimine la fin tragique du conte de Perrault

16 Montre que cette publicité est une parodie* du conte de Perrault.

À toi de jouer

17 **Écrire :** Propose une version modernisée de la scène du *Petit Poucet* où les parents abandonnent leurs enfants pour la seconde fois. Ton récit se passera de nos jours, dans une cité de banlieue et ton héros se nommera... le petit Cépou (comme celui de P. Matéo). Tu commenceras ainsi : *M. et Mme Dubois décidèrent d'abandonner à nouveau leurs sept fils. Ils les menèrent jusqu'...*

Les Contes *de Perrault se déroulent dans un univers merveilleux peuplé de fées et de sorcières, d'ogres, d'objets magiques, d'animaux qui parlent... Sont-ils purement imaginaires ou bien viennent-ils au contraire d'une réalité... surprenante ? De quels événements et personnages historiques notre conteur s'est-il donc inspiré pour créer la* Barbe bleue *ou le loup cruel du* Petit Chaperon rouge *? C'est ce que nous allons essayer de comprendre.*

Les personnages des contes ont-ils existé ?

L'ENQUÊTE EN 4 ÉTAPES

1 Diables, revenants et magie : on y croit au XVIIe siècle !

S'il y a tant d'êtres merveilleux et d'objets fées dans les contes de Perrault, c'est qu'à l'époque, le surnaturel fait partie du quotidien. Les gens sont très superstitieux : dans les villes comme dans les campagnes, tous croient fermement à l'existence des fées, des lutins, des revenants, et surtout du diable qu'ils craignent de voir surgir en chair et en os devant eux !

• PARTOUT, DES ÊTRES SURNATURELS !

Au XVIIe siècle, beaucoup jurent avoir vu danser des fées au pied d'arbres que l'on rebaptise alors « arbres aux dames » et que les villageois ont l'habitude d'honorer de leurs danses lors de fêtes[1]. On n'hésite pas non plus à invoquer les lutins, familiers et taquins, accusés d'avoir caché un objet perdu ou remerciés pour avoir rendu service. Des rumeurs disent aussi que les rives des cours d'eau sont habitées par les follets, petites flammes qui apparaissent la nuit dans les forêts désertes, les cimetières et les marécages : d'ailleurs, ceux de la rivière de la Bièvre apprendraient aux ouvriers de l'usine des Gobelins l'art de tisser les splendides tapisseries qui la rendent si célèbre.

• REMÈDES SUPERSTITIEUX ET PORTE-BONHEUR PROTECTEURS

À la campagne, les paysans se font volontiers soigner par des rebouteux un peu sorciers ; ils croient aux pouvoirs de ces guérisseurs qui leur donnent de louches remèdes de « bonne femme » fabriqués à base de plantes, comme le fameux orviétan[2]. À Paris, on achète auprès de magiciens connus des philtres d'amour, de la poudre de corne de licorne, qui passe pour miraculeuse, et des talismans protecteurs, comme les tisons des feux de la Saint-Jean qui portent bonheur.

• LA MODE DES ASTROLOGUES CHEZ LES PLUS RICHES

Les rois sont aussi superstitieux : à la naissance de Louis XIII, un célèbre astrologue nommé Duval dessine le

1. Jusqu'en 1789, on célébrait chaque année une messe en l'honneur des fées de la forêt de Poissy.

2. Orviétan : remède très à la mode au XVIIe siècle, composé, disait-on, d'une cinquantaine d'ingrédients

thème astral du prince, mais quand il annonce que l'enfant mourra à l'âge d'un an, il est condamné aux galères ! Dans la haute société, les tireuses de cartes sont très à la mode. On se passionne pour la chiromancie[3] : les dames de qualité consultent les Égyptiennes, spécialisées dans l'art de « dire la bonne aventure » et fréquentent les devineresses très en vogue : en 1674, on en compte 400 rien qu'à Paris !

Lithographie de Delpech pour un costume de l'opéra Divinité infernale *(1680, Paris, Bibliothèque de l'Arsenal).*

● LA PEUR DES REVENANTS ET DU DIABLE

Au XVIIe siècle, on croit autant au « moine bourru », redoutable fantôme parisien qui étrangle les passants la nuit, qu'aux apparitions du diable et aux maisons hantées. En 1632, les religieuses d'un couvent se plaignent d'être possédées par leur curé envoûté par le démon ; on accourt de partout pour assister au terrifiant spectacle des « possédées de Loudun ». Pour étouffer le scandale, le commissaire chargé de l'enquête publie une loi interdisant de parler de l'affaire sous peine de châtiment corporel. Arrêté et torturé, le curé nie être un sorcier mais une cicatrice sur son pouce le perd : les juges y voient le signe d'un pacte avec le diable. Il meurt, brûlé vif, en 1634.

Le fantôme des Tuileries

En 1564, la reine Catherine de Médicis fait construire le palais des Tuileries et, non loin de là, égorger un certain Jean l'Écorcheur. En mourant, le boucher menace de revenir et son cadavre disparaît mystérieusement. Dès lors, le « petit homme rouge des Tuileries » hante le château, se montrant à ses habitants pour les avertir d'un drame proche : il apparaît ainsi à Henri IV la veille de son assassinat et à Napoléon avant la défaite de Waterloo. En 1871, lors de l'incendie du palais, des témoins disent avoir vu pour la dernière fois la silhouette de l'Écorcheur au milieu des flammes...

3. Chiromancie : art de lire l'avenir dans les lignes de la main.

2 De la chasse aux sorcières à l'affaire des Poisons

Des sorcières, on en trouve très souvent dans les contes. Mais existaient-elles vraiment, ces vieilles femmes aux pouvoirs étranges ? Eh bien oui, même si elles ne ressemblaient pas tout à fait à celles de Perrault. Chassées, jugées et brûlées depuis le Moyen Âge, elles étaient encore persécutées au XVIIe siècle, quand éclata la célèbre affaire des Poisons…

● QUI ÉTAIENT LES SORCIÈRES ?

À l'époque, on trouvait plus de sorcières que de sorciers car, disait-on, les femmes résistent moins bien aux séductions du diable. C'étaient souvent des veuves âgées et isolées dans leur village. Comme elles refusaient de vivre comme tout le monde et suivaient d'étranges traditions, elles effrayaient les populations. D'ailleurs, quand un malheur arrivait, on accusait la sorcière locale d'avoir jeté un mauvais sort… Bref, elles n'étaient pas aimées !

● DE TERRIBLES ACCUSATIONS…

On fit une liste de leurs soi-disant crimes dans des livres comme le *Malleus Maleficarum*, véritable guide de la sorcellerie écrit par deux prêtres en 1486, et la *Démonomanie des sorciers* de Jean Bodin (1580) qui accusait les sorcières d'actes ignobles : ces adoratrices du diable rejetaient Dieu, participaient à des sabbats[1], mangeaient de la chair humaine bouillie et sacrifiaient des enfants au démon. Considérées comme des créatures démoniaques et de terrifiantes criminelles, elles étaient poursuivies avec acharnement par la Justice et l'Église.

● LES SORCIÈRES AU FEU !

Lorsqu'une femme était accusée de sorcellerie (une simple dénonciation ou rumeur suffisait), elle était presque sûre d'être tuée ! Pendant le procès, si elle avouait, elle était bien sûr condamnée. Mais si elle refusait de reconnaître son crime, on la punissait pour « maléfice de taciturnité »[2]. Et si son avocat la défendait trop bien, c'est lui qu'on soupçonnait d'être envoûté.

1. Sabbat : fête nocturne et maléfique, organisée dans des lieux isolés.

2. Maléfice de taciturnité : on croyait que la femme était envoûtée ; elle restait donc silencieuse/taciturne à cause d'un mauvais sort.

Dans tous les cas, elle était coupable ! Avant de la tuer, on la torturait : c'était la « question ». Un piqueur lui enfonçait de longues aiguilles dans les membres pour repérer sur son corps les marques du diable (zones qui ne saignaient pas sous les piqûres). Elle subissait aussi l'épreuve de la baignade : on la jetait dans l'eau pieds et poings liés ; si elle coulait, elle était innocente, mais si elle flottait, c'était que le démon la possédait et elle devait donc être exécutée. On pouvait enfin l'écarteler en tirant sur ses bras et ses jambes jusqu'à ce qu'ils se détachent du reste de son corps. Si elle avait survécu à tout cela, on la mettait à mort : les plus riches étaient décapitées ou étranglées, les autres brûlées en public.

Extraits de lettres de Mme de Sévigné sur la mort de la Brinvilliers (juillet 1676)

On l'a présentée à la question ; elle a dit qu'il n'en était pas besoin, et qu'elle dirait tout. En effet, jusqu'à cinq heures du soir elle a conté sa vie, encore plus épouvantable qu'on ne le pensait. À six heures on l'a menée, nue en chemise et la corde au cou, à Notre-Dame faire l'amende honorable. Jamais il ne s'est vu tant de monde, ni Paris si ému ni si attentif. Elle monta seule et nu-pieds sur l'échelle et sur l'échafaud, et fut un quart d'heure rasée, dressée et redressée par le bourreau ; ce fut un grand murmure et une grande cruauté. Ceux qui ont vu l'exécution disent qu'elle a monté sur l'échafaud avec bien du courage. En vérité, cela m'a fait frémir. Son pauvre petit corps a été jeté, après l'exécution, dans un fort grand feu, et les cendres au vent.

Les sorcières offrent un enfant à Satan, *gravure extraite du Compendium Maleficarum de Francesco Guazzo (1608, London, The British Library).*

● L'AFFAIRE DES POISONS : SORCIERS OU CRIMINELS ?

Cette affaire bouleversa Paris et la cour de Louis XIV quelques années avant que Perrault n'écrive ses contes. Tout commença par une longue série de meurtres par empoisonnement, les victimes ayant été tuées avec de l'arsenic[3] ou du venin de crapaud. La Reynie, lieutenant de police de Paris, lança une enquête qui le mena dans de sombres et sinistres boutiques où magiciens, alchimistes[4] et diseuses de bonne aventure fabriquaient et vendaient des potions mortelles, pratiquaient des sacrifices d'enfants et disaient des messes noires. Louis XIV, horrifié par ces révélations, créa la Chambre ardente : plus de 400 suspects défilèrent devant ce tribunal qui prononça 36 condamnations à mort, dont celle de la Voisin, une célèbre avorteuse parisienne. Mais bientôt, La Reynie découvrit que ces pratiques criminelles et diaboliques touchaient le roi de près : son ancienne maîtresse, Mme de Montespan, aurait été une cliente fidèle de la Voisin, comme tant d'autres grandes dames de la cour… Embarrassé, Louis XIV décida de tout arrêter et de mettre fin aux procès. Colbert publia alors un texte de loi contre les « empoisonneurs, ceux qui se disent Devins, Magiciens et Enchanteurs » et ces derniers furent chassés du Royaume.

Les messes noires

La Voisin et ses clientes pratiquaient régulièrement des messes noires, cérémonies abominables au cours desquelles une femme se couchait nue sur un autel. Elle se couvrait le visage d'un drap pour qu'on ne la reconnaisse pas. On versait sur son ventre le sang d'un nouveau-né tout juste égorgé. Puis tous les participants priaient le diable afin qu'il exauce les vœux de la femme. Certains témoins de l'époque rapportent que la Montespan y assistait et priait pour garder l'amour du roi.

Catherine Montvoisin, dite la Voisin, gravure d'après Guillaume Chasteau (1635-1683) (Versailles, Châteaux de Versailles et de Trianon)

3. Arsenic : poison mortel qu'on pouvait acheter un peu partout dans Paris et qu'on appelait aussi « poudre de succession ». Grâce à elle, on pouvait hériter un peu plus vite que prévu…

4. Alchimistes : ces mages manipulaient des substances étranges et des métaux en vue de fabriquer de l'or.

3 Le chat et le loup : compagnons des ténèbres

Perrault n'a pas choisi par hasard un chat rusé et un loup mangeur de petites filles comme héros de deux de ses contes... En effet, au XVIIe siècle, on considérait le chat comme l'ami diabolique des sorcières et on le chassait. Quant au loup, il effrayait les gens, s'en prenait aux enfants imprudents et les dévoraient tout crus ! Notre conteur n'a donc rien inventé...

● LE CHAT, ANIMAL SATANIQUE OU PORTE-BONHEUR ?

Aujourd'hui, beaucoup pensent que les chats noirs portent malheur. Au XVIIe siècle, on les associait à la sorcellerie et aux sabbats : fidèles compagnons des sorcières, ils étaient supposés leur apporter argent et chance. Comme on croyait que ces matagots[1] étaient des incarnations du démon, on les a pourchassés, jugés et brûlés en masse jusqu'au XVIIIe siècle ! Ces persécutions contre les chats, qui ne pouvaient plus chasser les rats porteurs de la peste, sont, dit-on, à l'origine des grandes épidémies qui ont ravagé l'Europe. On croyait pourtant que les cendres des chats morts sur les bûchers protégeaient de la maladie...

● LA PEUR DU LOUP

Là, nous sommes loin de la superstition ! La férocité du loup était bien réelle et les nombreuses attaques contre la population renforçaient cette frayeur répandue partout dans les campagnes. Il existait d'ailleurs des lieutenants « louvetiers », chargés de chasser les loups et de protéger les gens. On raconte aussi que d'étranges bêtes (comme la bête du Gâtinais) erraient dans certaines régions, à la recherche de chair fraîche... Plusieurs témoins décrivent ces créatures avec précision, mais personne n'a jamais pu les attraper !

Gravure pour Le Petit Chaperon rouge *de Perrault (1697, Paris, BNF).*

1. Matagots : nom donné aux chats noirs des sorcières (on les appelait aussi « mandagots »).

4 L'ogre des contes : un monstre bien réel ?

L'ogre du* Petit Poucet *et le monstrueux tueur de* La Barbe bleue *ont donné des cauchemars à des générations d'enfants qui se sont consolés en se disant : « Heureusement, ce ne sont que des contes ! » Pourtant, ces effrayants récits s'inspirent de faits réels et de personnages historiques…

● FAMINE ET CANNIBALISME

« Je sens la chair fraîche… » : qui n'a pas tremblé en lisant ces menaçantes paroles de l'ogre du *Petit Poucet* ? Mais il n'y a pas que dans les contes qu'on peut dévorer les enfants ! Rappelez-vous : les sorcières étaient déjà accusées de manger de la chair humaine, ce qui leur coûtait la vie. Et puis tous avaient en tête des souvenirs, pas si lointains, de grandes famines qui avaient poussé les plus faibles à se nourrir de cadavres humains pour survivre : ces récits choquants et scandaleux continuaient de hanter les mémoires. En créant son ogre cannibale, Perrault savait qu'il réveillait une peur profondément enfouie dans les esprits de l'époque.

● D'OÙ VIENT BARBE BLEUE ?

L'inoubliable Barbe bleue du conte, homme riche et puissant coupable d'atroces meurtres en série, n'est pas seulement né de l'imagination de Perrault. En effet, notre auteur s'est inspiré de deux hommes bien réels pour le créer.

Gilles de Rais

Ancien compagnon de combat de Jeanne d'Arc, Gilles de Rais, guerrier, alchimiste[1], est un seigneur qu'on disait presque aussi riche que le roi. Avec l'aide d'un magicien italien, Francesco Prelati, il chercha à accomplir le Grand Œuvre, c'est-à-dire créer de l'or à partir de matières moins précieuses. Un laboratoire était installé dans les souterrains de son château.

1. Alchimiste : chimiste un peu sorcier qui fait des expériences mélangeant sciences et magie.

Gravure sur bois de Lucas Cranach (1472-1553) (Paris, BNF).

– Barbe bleue, c'est d'abord l'ogre de Tiffauges… Sur les sinistres ruines de son château vendéen plane encore l'ombre du terrifiant seigneur Gilles de Rais. Aidé par des valets trop dévoués et par une vieille rabatteuse[2] surnommée « la Meffraye », il fit enlever plusieurs dizaines d'enfants qu'il viola et assassina sauvagement dans la crypte[3] de son domaine. Il mourut sur le bûcher en 1440, après avoir avoué des crimes abominables.

– Le sombre Henry VIII (son règne sanglant a marqué l'Angleterre du XVIe siècle) annonce lui aussi l'effrayant Barbe bleue. Marié à six reprises, il fit décapiter deux de ses épouses en les accusant de l'avoir trompé. D'ailleurs, après l'exécution de sa cinquième femme, le roi publia une nouvelle loi : désormais, toutes les reines infidèles seraient condamnées à mort !

2. Rabatteuse : femme qui attire les enfants par son aspect inoffensif, pour les livrer ensuite à Gilles de Rais.

3. Crypte : sous-sol d'un château ou d'une église.

Petit lexique des contes

Adjuvant	Personnage qui vient en aide au héros.
Cadre spatio-temporel	Ensemble des informations données par le conteur sur le décor (le lieu et l'époque) où se passe l'histoire. Dans un conte, il est toujours flou (passé lointain, lieux imprécis).
***Conte d'avertissement* (La Barbe bleue)**	Histoire qui se déroule toujours en trois étapes : une interdiction est faite au héros ; celui-ci la transgresse ; il doit alors subir les conséquences négatives de sa désobéissance.
***Conte initiatique* (Le Petit Poucet)**	Histoire centrée sur un personnage dont personne ne voit les qualités au début du conte. Forcé d'affronter de nombreuses épreuves, il révèlera alors des qualités héroïques (courage, intelligence et persévérance) qui lui permettront de surmonter ces obstacles. On assiste à son évolution : on le voit mûrir et devenir adulte.
Épreuve	Obstacle ou malheur auquel est confronté le héros d'un conte et qui teste son courage et sa résistance.
Formule initiale	Petite phrase qui ouvre le conte, la plus connue étant : « Il était une fois… »
Intrigue	Faits racontés par l'histoire (scénario).
Marâtre	Méchante mère ou belle-mère qui maltraite souvent l'héroïne d'un conte.
Merveilleux	Ensemble des éléments magiques et surnaturels qui interviennent dans le conte sous la forme de personnages (animaux qui parlent, fées, ogres…) ou d'objets (les bottes de sept lieues, la clé de la Barbe bleue…).
Moralité	Dernière partie du conte écrite en vers, qui tire de l'histoire une petite leçon de sagesse donnée aux lecteurs, enfants comme adultes.
Objet fée	Objet enchanté ayant des pouvoirs magiques.
Opposant	Personnage ennemi du héros.

Parodie	Reprise comique et souvent modernisée d'un conte existant déjà (*La Fée du robinet* de Gripari, reprise des *Fées* de Perrault).
Péripéties	Séries d'aventures qui forment la partie la plus longue du récit.
Personnage type	Personnage qui revient d'un conte à l'autre et qui joue toujours le même rôle (la fée, le prince, la marâtre, la bonne souillon, l'ogre...).
Prose	Façon de s'exprimer sans utiliser de vers.
Querelle des Anciens et des Modernes	Dispute qui éclate au XVIIe siècle parmi les écrivains. Les uns pensaient qu'on devait imiter l'Antiquité grecque et romaine. Les autres, comme Perrault, disaient qu'il fallait se moderniser et arrêter de toujours copier les livres du passé.
Réécriture	Reprise d'un conte dont on garde les types de personnages, mais qu'on transforme en changeant le cadre spatio-temporel (contes modernisés, contes exotiques comme *Les Saisons et les Mois*...), l'histoire (inversion des rôles), le genre (publicité, bandes dessinées), voire la moralité.
Situation initiale	Début d'un conte souvent introduit par la formule traditionnelle « *Il était une fois...* » Les verbes sont à l'imparfait de l'indicatif puisque l'action ne commence pas. On y présente un cadre spatio-temporel flou et des personnages types. Cette situation est souvent malheureuse pour le héros (exemple : Cendrillon et Poucet maltraités par leur famille...).
Situation finale	Fin du conte. Les méchants y sont souvent punis, les bons toujours récompensés. Elle renverse la situation initiale du héros qui passe de la pauvreté à la richesse, du malheur au bonheur...
Universel	Qui concerne l'humanité entière, de tout temps et partout.
Vers	Façon de parler et d'écrire comme dans une poésie (rimes, nombre fixe de syllabes...).

À lire et à voir

● CONTES DE PERRAULT EN FILMS

Le Petit Poucet
Film d'Olivier Dahan (2001)

La Véritable Histoire du Petit Chaperon Rouge
Film de Todd Edwards (2006)

Retrouve dans ce dessin animé les personnages du conte de Perrault au cœur d'une enquête policière complètement loufoque !

● CONTES DE PERRAULT EN BANDES DESSINÉES

Perrault : Les contes en bandes dessinées
Petit à Petit, 2008

Cinq contes de Perrault mis en image par cinq illustrateurs qui nous plongent, chacun à leur manière, dans l'univers des contes.

F'Murr
Au Loup !
Dargaud, 1974

Autour du Chat Botté
J.-L. Loyer
Le Chat botté
Delcourt, 2003 (BD)

Tarek et Morinière
Le Petit Mamadou Poucet
Emmanuel Proust Éditions, 2008

● VARIATIONS AUTOUR DE PERRAULT

Autour du Petit Chaperon rouge
J. et W. Grimm
Le Petit Chaperon rouge
In Contes, Folio Classique, 1976

Autour de La Barbe bleue
J. et W. Grimm
L'Oiseau d'Ourdi
In Contes, Folio Classique, 1976

Autour de Cendrillon
Roal Dahl
Cendrillon
In Un conte peut en cacher un autre, Gallimard Jeunesse, 1982

Autour du Petit Poucet
J. et W. Grimm
Hansel et Gretel
In Contes, Folio Classique, 1976

Th. Georgel
Tit Prince épi Médèle
In Contes et légendes des Antilles, Pocket Junior, 2002

● UN SITE POUR DÉCOUVRIR LES CONTES

http://expositions.bnf.fr/contes/index.htm
Superbe exposition interactive sur les contes de fée à la Bibliothèque nationale de France.

Table des illustrations

61 ph © Bianchetti/Leemage

63 ph © AKG-Images

78 Coll. Kharbine-Tapabor – © DR/Galettes de Pleyben

85 ph © Selva/Leemage

87 ph © Heritage Images/Leemage

88 ph © RMN/Gérard Blot

Pages 7, 8, 13, 34 et des pages 58 à 81 : ph © Archives Hatier

Pages 30, 44 et 57 : ph © Archives Hatier – D.R.

Pages 2, 23, 89 et 91 : ph © BNF, Paris/Archives Hatier

PAPIER À BASE DE FIBRES CERTIFIÉES

Hatier s'engage pour l'environnement en réduisant l'empreinte carbone de ses livres. Celle de cet exemplaire est de :
250 g éq. CO_2
Rendez-vous sur www.hatier-durable.fr

Suivi éditorial : Raphaële Patout
Iconographie : Hatier Illustration
Illustrations intérieures : Julien Martinière
Principe de maquette : Marie-Astrid Bailly-Maître & Sterenn Heudiard
Mise en page : CGI

Achevé d'imprimer en Espagne par CPI Black Print
Dépôt légal n° 96299-8/010 - Septembre 2022